Miguel Delibes
Die heiligen Narren

Miguel Delibes

Die heiligen Narren

Roman

Aus dem Spanischen
von Curt Meyer-Clason

Piper
München Zürich

Die Originalausgabe erschien unter dem Titel »Los santos inocentes« bei Planeta, S. A., Barcelona, 1982

ISBN 3-492-03043-2

Gesetzt aus der Garamond-Antiqua
Gesamtherstellung: Hieronymus Mühlberger, Augsburg
Printed in Germany

In Erinnerung an meinen Freund
Félix R. de la Fuente

Erstes Buch
Azarías

SEINER SCHWESTER, der Régula, mißfiel die Einstellung des Azarías, und sie schimpfte ihn aus, und so kehrte er nach La Jara zu dem Señorito, seinem jungen Herrn, zurück, denn seiner Schwester, der Régula, mißfiel die Einstellung des Azarías, sie wollte nämlich, daß die Jungen eine ordentliche Schulbildung bekämen, was ihr Bruder für einen Fehler hielt, denn,

dann taugen sie dir weder als Feinlinge noch als Rohlinge,

bekräftigte er feierlich in seinem belegten, leicht näselnden Tonfall,

auf La Jara beim Señorito nämlich scherte sich niemand darum, ob die Leute lesen und schreiben konnten, ob sie gebildet waren oder ungebildet oder ob der Azarías durch die Gegend schlurfte, in seiner Kordsamthose mit den Flikken auf den Knien, mit dem Hosenladen ohne Knöpfe, knurrend und barfuß, und wenn er plötzlich zu seiner Schwester hinübermarschierte und der Señorito nach ihm fragte und man ihm erwiderte,

er ist bei seiner Schwester, Señorito,

regte der eigensinnige Señorito sich nicht auf und hob höchstens kaum merklich eine Schulter, die linke, stellte jedoch keine weiteren Fragen und sagte auch nichts weiter, und wenn er so mir nichts dir nichts zurückkam,

der Azarías ist schon wieder da, Señorito,

deutete der Señorito ein friedfertiges Lächeln an, denn den Señorito erboste nur, daß der Azarías behauptete, er sei ein Jahr älter als der Señorito, weil der Azarías in Wirklichkeit schon ein Bürschchen war, als der Señorito geboren wurde, doch daran erinnerte sich der Azarías nicht, und wenn er manchmal behauptete, er sei ein Jahr älter als der Señorito, dann deshalb, weil Dacio, der Schweinehirt, es ihm an einem Weihnachtsabend erzählt hatte, als er ein bißchen getrunken hatte, und das hatte sich ihm, dem Azarías, ins Hirn eingegraben, und so fragte man ihn viele Male,

wie alt bist du, Azarías?,

und er antwortete darauf immer,

ein ganzes Jahr älter als der Señorito,

doch das geschah nicht aus bösem Willen, auch nicht aus Lust am Lügen, sondern aus reiner Kindlichkeit, und der Señorito tat unrecht, ihn deshalb zu schimpfen und ihn einen Schwindler zu nennen, es war auch nicht gerecht, weil der Azarías zum Ausgleich dafür, daß er, den lieben langen Gottestag knurrend und sozusagen auf dem Nichts herumkauend und aufmerksam die Fingernägel seiner rechten Hand betrachtend, auf dem Landgut hin- und herlief, das Automobil des Señorito mit einem gelben Flanelltuch polierte und an den Automobilen der Freunde des Señorito die Ventile abschraubte, damit sie dem Señorito nicht an dem Tag fehlten, wenn etwas schiefging und das Material knapp wurde, und als sei das nicht genug, sorgte der Azarías für die Hunde, für den Hühnerhund und den Setter und für die drei Dachshunde, und wenn tief in der Nacht im Steineichenwald der Wachhund des Hirten bellte und die Hunde des Gutshofs anschlugen, besänftigte er, der Azarías, sie mit guten Worten, kraulte sie beharrlich zwischen den Augen, bis sie wieder friedlich wurden und einschliefen, und beim ersten Morgenschimmer trat er, sich streckend, in den Innenhof, öffnete das Tor und ließ die Truthähne in den Steineichenwald hinaus, hinter der Dornenhecke, beschützt vom Drahtzaun, und dann schabte er den Hühnermist aus den Hühnerställen, schließlich goß er die Geranien und den Weidenbaum und brachte den Verschlag des Uhus in Ordnung und streichelte ihn zwischen den Ohren, und nach Einbruch der Nacht rupfte Azarías, das wußte man schon, in der trostlosen Vorhalle unter der Lampe auf dem Schemel hockend, Rebhühner oder Waldschnepfen oder Turteltauben oder Spießflughühner, vom Señorito untertags erlegt, und häufig, wenn es Wildbret im Überfluß gab, behielt der Azarías sich ein Tier für den *Milan* zurück, so daß der Uhu ihn, sobald er ihn auftauchen sah, mit seinem runden gelblichen Blick umfing und mit dem

Schnabel klapperte, als wolle er ihn necken, und all das aus spontaner Zuneigung, aber die anderen, einschließlich des Señorito, fauchte er wie ein Kater an und zeigte ihnen die Krallen, während er sich bei ihm ganz freundlich verhielt, denn selten verging ein Abend, an dem er nicht mangels eines köstlicheren Leckerbissens mit einer Elster, einer Ratte oder einem am Karpfenteich mit Vogelleim gefangenen halben Dutzend Sperlingen aufwartete oder mit sonst irgendwas, jedenfalls nannte Azarías ihn Großherzog, und wenn er sich ihm näherte, machte er seine Stimme samtweich,

schöner Milan, schöner Milan,

und kraulte ihn zwischen den Augenbrauen und lächelte ihn an mit seinen zahnlosen Kiefern, und wenn es darauf ankam, ihn auf dem obersten Felsrand zu fesseln, damit der Señorito oder die Señorita oder die Freunde des Señorito oder die Freundinnen der Señorita, auf dem Anstand versteckt, sich damit vergnügen konnten, durch die Schießluken auf Raubvögel und Krähen zu schießen, wickelte der Azarías ihm ein Stück roten Flanell um den rechten Fuß, damit die Kette ihm nicht weh tat, und solange der Señorito oder die Señorita oder die Freunde des Señorito oder die Freundinnen der Señorita auf dem Anstand verharrten, kauerte er im Gestrüpp unter der Krone der Atalaya-Eiche und hielt Wache, zitternd wie Espenlaub, und wenn er auch etwas schwerhörig war, so hörte er doch den trockenen Knall der

Schüsse und zuckte bei jedem Schuß zusammen und schloß die Augen, und wenn er sie wieder aufschlug, blickte er zu dem Uhu hoch, und wenn er ihn dann sah, wie er sich auf dem Stein plusterte, unverletzt und herausfordernd, war er stolz auf ihn und sagte ergriffen zu sich,

schöner Milan,

und verspürte ein heftiges Verlangen, ihn zwischen den Ohren zu kraulen, und sobald der Señorito oder die Señorita oder die Freundinnen des Señorito oder die Freunde der Señorita es müde wurden, Mäusebussarde zu schießen und Krähen, und den Anstand verließen, während sie sich streckten und ihre Glieder lockerten, als kämen sie aus einem Schacht, ging er, die Kinnlade auf- und abbewegend, wie kauend, auf den Großherzog zu, und nun blähte sich der Uhu voller Befriedigung, plusterte sich wie ein Königspfau, und der Azarías lächelte,

bist nicht feig gewesen, Milan,

sagte er zu ihm

und kraulte ihn zur Belohnung zwischen den Brauen und hob die erlegten Raubvögel einen nach dem anderen vom Erdboden auf, band sie an die Stange, befreite den Uhu behutsam von seiner Kette, sperrte ihn in den großen Holzkäfig, den er sich auf die Schulter lud, und machte sich ganz leise auf den Weg zum Gutshof, ohne auf den Señorito zu warten, auf die Señorita, auf die Freunde des Señorito, auf die Freundinnen der Señorita, die langsam, ermüdet hinter ihm auf dem Fußweg wanderten, über ihre Angelegenheiten plauderten und grundlos lachten, und wenn er dann zu Hause ankam, hängte der Azarías die Stange an den dicken Balken der Vorhalle, und sobald es dunkelte, rupfte er, auf dem Schotter des Innenhofs kauernd, im weißen Lampenlicht einen Bussard und trat mit ihm ans Fensterchen des Verschlags und machte hallend

huuuuu,

in möglichst geheimnisvollem Tonfall, und gleich darauf reckte sich der Uhu am Gitterfenster hoch, ohne Lärm zu machen, mit ruhigem Flügelschlag, so weich wie Baumwolle, und machte seinerseits

huuuuu,

wie ein Echo von Azarías' Huuuuu, ein Echo von jenseits des Grabes, und gleich darauf packte er den Bussard mit seinen riesigen Krallen und verschlang ihn lautlos, im Handumdrehen, und der Azarías sah ihm mit seinem sabbernden Lächeln beim Fressen zu und murmelte,

schöner Milan, schöner Milan,

und nachdem der Großherzog sein Festmahl beendet hatte, schritt der Azarías zum Vorbau, unter dem die Freundinnen des Señorito und die Freunde der Señorita ihre Wagen geparkt hatten, und begann, die Ventile ihrer Räder geduldig mit seinen ungeschickten Fingern abzuschrauben, und als er damit fertig war, legte er sie zu denen, die er in der Schuhkiste der Schlafkammer verwahrte, setzte sich auf den Fußboden und begann zu zählen,

eins, zwei, drei, vier, fünf ...,

und wenn er bei elf angelangt war, sagte er jedesmal,

dreiundvierzig, vierundvierzig, fünfundvierzig ...,

dann rannte er, schon im Dunkeln, in den Stall und pinkelte in die Hände, damit sie nicht rissig würden, und wedelte ein Weilchen in der Luft herum, um den Geruch loszuwerden, und so einen Tag um den anderen, einen Monat um den anderen, ein Jahr um das andere, ein ganzes Leben lang, doch trotz dieser methodischen Behandlung erwachte der Azarías manchmal morgens schlapp und entkräftet, als habe ihm während der Nacht jemand die Knochen aus dem Leib geholt, und an solchen Tagen kratzte er nicht die Hühnerställe sauber, legte den Hunden kein Fressen vor, säuberte dem Uhu nicht seinen Verschlag, sondern lief aufs Feld hinaus und legte sich in den Schutz der Schweineställe oder ins Turmkraut, und wenn die Sonne stach, bettete er sich in den Schatten des Erdbeerbaums, und wenn Dacio ihn fragte,

was hast du denn, Azarías?,

sagte er,

heute bin ich faul, ich sag's dir,

und solcherart ließ er die toten Stunden verstreichen, und wenn der Señorito auf ihn stieß und ihn fragte,

was ist los mit dir, Mann Gottes?,

gab Azarías die gleiche Auskunft,

heute bin ich faul, ich sag's Ihnen, Señorito,

ohne sich aus der Ruhe bringen zu lassen, ins Turmkraut gebettet, oder im Schatten des Erdbeerbaums, reglos, selbstversunken, die Schenkel gegen den Bauch, die Ellbogen an der Brust, Speichelschleim kauend oder sanft knurrend wie ein heißhungriger Hund, den Blick fest auf die gegen den Himmel abstechende blaugrüne Sierra gerichtet und auf die runden Hirtenhütten und den Rehberg (hinter dem Portugal lag) und die wie riesige Schildkröten geduckten Felsen und auf den langgestreckten kreischenden Flug der Kraniche zum Sumpf hin und die mit ihren Lämmern umherschweifenden Merinoschafe, und wenn zufällig Dámaso, der Hirte, auftauchte und zu ihm sagte,

irgendwas los, Azarías?,

erwiderte er,

heute bin ich faul, ich sag's dir,

und so verstrich die Zeit, bis der Stuhldrang wiederkehrte und er neben dem Erdbeerbaum oder in der dunklen Felsspalte sein Geschäft erledigte, und während er sich erleichterte, kehrten allmählich seine Energien wieder, und sobald er wiederhergestellt war, ging er zuallererst zu dem Uhu und sagte leise durch das Gitter zu ihm,

schöner Milan,

und der Uhu plusterte sich auf und klapperte mit dem krummen Rabenschnabel, bis Azarías ihm einen gerupften Jungadler oder eine junge Elster bescherte, und während er die Beute herunterschlang, ging der Azarías, um Zeit zu gewinnen, in den Schlafraum, setzte sich auf den Fußboden und machte sich daran, die Ventile in der Kiste zu zählen,

eins, zwei, drei, vier, fünf . . .,

bis er bei elf angelangt war, und dann sagte er,

dreiundvierzig, vierundvierzig, fünfundvierzig,

und am Ende verschloß er die Kiste mit dem Deckel, betrachtete ausgiebig die flachen Fingernägel seiner rechten Hand, bewegte die Kinnlade auf und ab und käute unverständliche Wörter wieder und beschloß plötzlich,

ich geh' zu meiner Schwester,

und stieß in der Vorhalle auf den Señorito, der träge im Liegestuhl schlummerte,

ich geh' zu meiner Schwester, Señorito,

und der Señorito hob kaum merklich die linke Schulter, und,

geh mit Gott, Azarías,

und er marschierte zum anderen Gutshof, wo seine Schwester lebte, und kaum hatte sie, die Régula, ihm das Tor geöffnet, sagte sie,

was hast du hier verloren, wenn man's wissen darf?,

und Azarías,

und die Jungen?,

und sie,

was denn, in der Schule sind sie, wo denn sonst?,

und er, der Azarías, streckte eine Sekunde die dicke, rosenrote Zungenspitze heraus, zog sie wieder zurück, schmeckte sie ein Weilchen ab und sagte schließlich,

das bringt dir kein Glück, bald werden sie dir weder als Feinlinge noch als Rohlinge taugen,

und die Régula,

na was denn, hab' ich dich um deine Meinung gefragt?,

doch sobald die Sonne sank, bekam der Azarías einen schweren Kopf, während er in die Glut schaute und auf dem Nichts kaute, und nach einem Weilchen hob er den Kopf und sagte mit einemmal,

morgen geh' ich zurück zum Señorito,

und bevor es tagte, sobald ein orangefarbener Strahl am Firmament aufleuchtete und die Zakkenkante der Sierra begrenzte, befand sich der Azarías bereits auf dem Heimmarsch, und vier Stunden später, verschwitzt und hungrig, während er die Lupe den schweren Riegel vom Hoftor zurückschieben hörte, begann er schon,

schöner Milan, schöner Milan,

ein ums andere Mal, ohne ihn aus den Augen zu lassen, und der Lupe, der Schweinehirtin, wünschte er nicht einmal einen guten Morgen, und der junge Herr, der Señorito, lag vielleicht noch im Bett und ruhte sich aus, doch sobald er um die Mittagszeit in der Vorhalle auftauchte, sagte die Lupe zum Señorito,

der Azarías ist heute morgen zurückgekommen, Señorito,
und der Señorito blinzelte mit schläfrigen Augen,

in Ordnung,

sagte er
und hob die linke Schulter wie resigniert oder überrascht, obwohl man bereits den Azarías die Hühnerställe reinschaben oder den Verschlag des Großherzogs sauberwaschen oder den Eimer über den Schotter schleifen hörte, und solcherart verstrichen die Wochen, bis eines schönen Tages, als der Frühling Einzug hielt, der Azarías sich veränderte, ihm ein bedächtiges, unerklärliches Lächeln auf die Lippen trat und er bei Sonnenuntergang, statt die Ventile zu zählen, den Uhu packte und mit ihm in den Steineichenwald hinauszog, und der riesige Vogel, reglos auf seinem Unterarm hockend, spähte gereckt in die Gegend, setzte, sobald es dunkelte, zu einem weichen, stillen Flug an und kehrte kurz darauf zurück, eine Ratte in den Krallen oder einen Buchfinken, und dort neben Azarías verschlang er dann seine Beute, während dieser ihn zwischen den Ohren kraulte und die Pulsschläge der Sierra hörte, das trostlose heisere Bellen der läufigen Füchsin und das Röhren der sich paarenden Hirsche im Revier der Heiligen Angela, und dann und wann sagte er zu ihm,

die Füchsin ist läufig, Milan, hörst du?,

und der Uhu starrte ihn an mit seinen runden

gelblichen Pupillen, die in der Finsternis phosphoreszierten, legte langsam die Ohren an und fraß weiter, und früher hatte man auch noch das traurige Heulen der Wölfe im Ginstergebüsch während der Frühlingsnächte gehört, aber seit die Männer vom elektrischen Licht gekommen waren und die Strommasten am Hang entlang aufgestellt hatten, waren sie nicht mehr zu hören, statt dessen hörte man in regelmäßigen Abständen den Waldkauz schreien, und der Großherzog hob in solchen Fällen seinen riesigen Kopf und spitzte die Ohren, und der Azarías mußte lachen, dumpf und lautlos, mit zahnlosen Kiefern, und er murmelte mit matter Stimme,

bist wohl feige, Milan?, morgen werd' ich den Waldkauz jagen,

und gesagt, getan, am nächsten Tag im Morgengrauen zog er allein Richtung Sierra, bahnte sich zwischen blühenden Zistrosen und Wolfsmilch und Turmkraut einen Weg, übte der Waldkauz doch auf den Azarías die sonderbare Faszination des Abgrundes aus, eine Art Nervenkitzel, so daß er, wenn er mitten im Hochwald stehenblieb, deutlich die heftigen Schläge seines Herzens hörte, und dann wartete er eine Weile, um wieder zu Atem zu kommen und die Fassung wiederzugewinnen, und schließlich brüllte er,

he, he!,

so rief er den Waldkauz, und dann spitzte er die

Ohren und wartete auf eine Antwort, während der Mond hinter einem Wolkenberg erschien und die Landschaft mit schattenbevölkertem, unwirklich schillerndem Leuchten überflutete, und er bildete, ganz vom Milan besessen, mit den Händen einen Schalltrichter und wiederholte herausfordernd,

he, he!,

bis plötzlich etwa zwanzig Meter tiefer aus einer mächtigen Steineiche das ersehnte schauerliche Heulen,

buhu, buhu!,

an sein Ohr drang und der Azarías dann das Zeitgefühl verlor, das Bewußtsein seiner selbst, und losrannte, schnaubend die Ginsterbüsche zertrampelte, sich das Gesicht an den untersten Zweigen der Erdbeerbäume und der Korkeichen zerkratzte, während hinter ihm der Waldkauz sanft, aber unerbittlich von Baum zu Baum hüpfte, heulend und kollernd, und jedesmal, wenn er lachte, weiteten sich die Pupillen des Azarías, und er bekam eine Gänsehaut und dachte an seinen Milan in der Kammer und beschleunigte den Schritt, und wieder heulte der Waldkauz hinter ihm her und lachte von neuem, und der Azarías lief und lief, stolperte, fiel und raffte sich auf, ohne je den Kopf zu wenden, und wenn er keuchend an die Koppel gelangte, bekreuzigte sich die Lupe, die Schweinehirtin,

wo kommst du denn her, sag?,

und der Azarías lächelte schwach wie ein bei einem Streich ertappter Schuljunge, und,

hab' den Waldkauz gejagt, ich sag's dir,

sagte er,
und sie meinte,

Jesus, was für Spielereien, hast dir das Gesicht zerkratzt wie ein Schmerzensmann,

doch schon lief er in die Kammer und stillte mit dem Wischlappen das Blut, stumm, und lauschte den schmerzhaften Schlägen seines Herzens, mit halbgeöffnetem Mund, ins Leere lächelnd, sabbernd, und nach einer Weile, schon ruhiger geworden, schlich er zum Verschlag des Milans, gebückt, ohne Lärm zu machen, und trat plötzlich ans Fensterchen und machte

huuuuu!,

und der Uhu flatterte bis zur Stange und blickte ihm, den Kopf schräggestellt, in die Augen, und jetzt sagte der Azarías ganz selbstzufrieden,

ich hab' den Waldkauz gejagt,

und das Tier spitzte die Ohren und klapperte mit dem Schnabel, als wolle es ihm Beifall spenden, und er,

hab' ihn ganz schön gehetzt,

und leise, zischend, begann er zu lachen und fühlte sich von der Dornenhecke beschützt, und so ein ums andere Mal, einen Frühling nach dem anderen, bis er eines Abends, Ende Mai schon, vor die Gitterstäbe des Verschlags trat und wie üblich huuuuu!

machte, doch der Großherzog hörte nicht auf den Ruf, und nun verwunderte sich der Azarías und machte von neuem

huuuuu!,

aber der Großherzog hörte nicht auf den Ruf, und der Azarías machte

huuuuu!,

trotzig, zum drittenmal, doch im Innern des Verschlags kein Geräusch, so daß der Azarías die Tür aufstieß, die Lampe anzündete und den Uhu geschrumpft in einer Ecke fand, und als er ihm die gerupfte Elster zeigte, regte der Uhu sich nicht, und nun ließ der Azarías den Vogel auf dem Fußboden liegen und hockte sich neben den Uhu, griff behutsam nach seinen Schwingen und drückte ihn an die eigene Wärme, kraulte ihn fest zwischen den Brauen und sagte zärtlich,

schöner Milan,

aber der Vogel reagierte nicht auf die üblichen Reize, worauf der Azarías ihn aufs Stroh bettete, hinaustrat und nach dem Señorito fragte,

der Milan ist krank, Señorito, er hat Fieber,

teilte er ihm mit,

und der Señorito,

was sollen wir tun, Azarías!, er ist eben schon alt, man muß einen Nestling holen,

und der Azarías, untröstlich,

aber es ist doch der Milan, Señorito,

und der Señorito, mit schläfrigen Augen,

ist ein Vogel etwa nicht so gut wie ein anderer?,
und der Azarías, flehend,
geben der Señorito mir die Erlaubnis, daß ich dem Wunderheiler von der Mandelbaumpflanzung Bescheid sage?,
und der Señorito hob gleichgültig die linke Schulter,
dem Wunderheiler?, du kommst mir teuer zu stehen, Azarías, wenn wir wegen einem Vogel den Wunderheiler rufen lassen, wo soll das denn hinführen?,
und nach seinem Vorwurf ein Lachanfall, wie der Waldkauz, so daß der Azarías eine Gänsehaut bekam, und,
Señorito, lachen Sie doch nicht so, ich bitte Sie um Ihrer Toten willen,
und der Señorito,
darf ich nicht einmal in meinem eigenen Haus lachen?,
und noch ein Lachanfall, genau wie der Waldkauz, jedesmal heftiger, und auf sein Stentorlachen hin lief die Señorita herbei, die Lupe, Dacio, der Schweinehirt, Dámaso und die Mädchen der Hirten, und alle lachten in der Vorhalle im Chor, wie Waldkäuze, und die Lupe,
da heult doch der Gauner nur wegen diesem widerlichen Stinkvogel,
und der Azarías,
der Milan hat doch Fieber, und der Señorito

erlaubt nicht, daß ich den Wunderheiler von der Mandelbaumpflanzung rufe,
und erneut Gelächter, und wieder, bis schließlich der Azarías, aus der Fassung gebracht, fortrannte, in den Hof hinauseilte und in die Hände pinkelte, dann ging er in die Kammer, setzte sich auf den Fußboden und zählte mit lauter Stimme die Ventile, um sich dadurch zu beruhigen,

eins, zwei, drei, vier, fünf, sechs, sieben, acht, neun, zehn, elf, dreiundvierzig, vierundvierzig, fünfundvierzig,
bis er sich entspannter fühlte, und dann schob er sich einen Sack als Kissen unter den Kopf und hielt ein Schläfchen, und sobald es tagte, ging er ganz vorsichtig auf das Gitter des Verschlags zu und machte

huuuuu!,
doch niemand antwortete, und nun drückte der Azarías die Tür auf und konnte den Uhu in der Ecke erkennen, wo er ihn am Vorabend zurückgelassen hatte, aber zusammengesunken und steif, und der Azarías trat mit knappen Schritten näher, faßte ihn am äußersten Ende eines Flügels, knöpfte sich die Jacke auf, legte sie über den Vogel und sagte mit gebrochener Stimme,

schöner Milan,
doch der Großherzog tat kein Auge auf, klapperte auch nicht mit dem Schnabel, regte sich nicht, worauf der Azarías den Hof durchschritt,

ans Tor gelangte und den Riegel zurückschob, und bei dem Kreischen kam die Lupe gelaufen, die vom Dacio,

was hast du dir jetzt wieder in den Kopf gesetzt, Azarías?,

und der Azarías,

ich geh' zu meiner Schwester,

und ohne ein weiteres Wort trat er raschen Schritts hinaus, ohne die Kieselsteine, ohne die Hauhecheln an den Fußsohlen zu spüren, und durchquerte den Steineichenwald, das Ginstergesträuch und die Talsohle, den Vogelleichnam sanft an seine Brust gepreßt, und sobald die Régula seiner ansichtig wurde,

schon wieder hier?,

und der Azarías,

und die Jungen?,

und sie,

sind in der Schule,

und der Azarías,

ist denn niemand im Haus?,

und sie,

doch, die kleine Chica ist da,

und in diesem Augenblick bemerkte die Régula das Bündel, das der Azarías an die Brust drückte, und sie zog ihm die Jackenzipfel weg, und die Vogelleiche fiel auf die roten Fliesen, und ihr, der Régula, entfuhr ein hysterischer Schrei, und,

schaff mir sofort dieses Aas aus dem Haus, hast du gehört?,

sagte sie,

und unterwürfig hob der Azarías den Vogel vom Boden auf und legte ihn draußen auf die Steinbank, ging ins Haus zurück und kam dann mit der kleinen Chica wieder zum Vorschein, sie im rechten Arm wiegend, und die kleine Chica verdrehte ihre schweifenden Augen, ohne daß sie an etwas haften blieben, und er, der Azarías, hob den Milan an einer Klaue hoch und nahm eine Hacke mit der linken Hand, und die Régula,

wo gehst du hin mit dem Zeug?,

und der Azarías,

ein Grab schaufeln, ich sag's dir,

und unterwegs gab die kleine Chica einen jener lang anhaltenden Klageschreie von sich, die jedem das Blut gerinnen ließen, doch der Azarías ließ sich nicht beirren, erreichte den Fuß der Berglehne, legte das Geschöpf in die Morgenkühle zwischen die Zistrosen, streifte die Jacke ab, und im Nu schaufelte er am Fuß einer Korkeiche ein tiefes Loch, bettete den Vogel hinein, und die Erde mit der Hacke darüberschiebend, füllte er das Loch und betrachtete das Grab, mit nackten Füßen, in der Hose mit den Flicken auf den Knien, den Mund halb offenstehend, und nach einer Weile wandten sich seine Pupillen wieder der kleinen Chica zu, deren Kopf wie abgeknickt auf der Seite lag, und ihre fernschweifenden Augen gingen über Kreuz und blickten ins Leere, ohne an irgend etwas haften zu bleiben, und der Azarías kauerte sich nieder, nahm sie in seinen Arm, setzte sich an den Rand der Böschung, dicht neben die zerwühlte Erde, drückte sie an sich und murmelte,

schöner Milan,

und begann ihr beharrlich mit dem Zeigefinger der rechten Hand die Haare am Hinterkopf zu kraulen, während die kleine Chica sich alles gleichgültig gefallen ließ.

Zweites Buch

Paco, der Kurze

Hätten sie immer auf dem Gutshof gelebt, vielleicht wären die Dinge dann anders verlaufen, doch Crespo, der Hauptaufseher, schob einen gern für alle Fälle auf das Grenzgut Abendújar ab, und Paco, der Kurze, hatte eben ein Mordspech, doch das machte ihm nichts aus, denn schließlich und endlich war ihm ein Ort ebenso recht wie ein anderer, nur wegen der Jungen machte er sich Sorgen, jawohl, wegen der Schule, denn mit der Charito, der kleinen Chica, hatten sie genug Kummer, sie nannten die Charito die kleine Chica, auch wenn sie für die kleinen Jungen in Wahrheit die ältere Schwester war, klar,

Mutter, warum spricht die Charito nicht?,

warum läuft die Charito nicht, Mutter?,

warum macht die Charito in die Windeln?,

fragten sie alle Augenblicke, und sie, die Régula, oder er, oder beide im Chor,

weil die Charito noch sehr klein ist,

was hätten sie auch sonst sagen sollen?, doch Paco, der Kurze, wollte, daß die Jungen eine ordentliche Schulbildung bekämen, weil der Hachemita in Cordovilla versicherte, die Jungen könnten mit ein paar geringen Kenntnissen die Armut hinter sich lassen, und so ließ sogar die

Señora Marquesa, mit dem Ziel, den Analphabetismus auf dem Landgut auszurotten, drei Sommer hintereinander zwei junge Herren aus der Stadt kommen, damit diese alle in der Vorhalle des Hofgeländes zusammenriefen, wenn die Tagesarbeit beendet war, die Schäfer, die Schweinehirten, die Olivenerntearbeiter, die Maultiertreiber, die Tagelöhner und die Hofwächter, und ihnen dort im grellen Licht der von Schmeißfliegen und Motten umschwärmten Laterne die Buchstaben und ihre tausend geheimnisvollen Wortverbindungen beibrächten, und die Schäfer und die Schweinehirten und die Olivenerntearbeiter und die Tagelöhner und die Maultiertreiber sagten, wenn sie gefragt wurden,

das B mit dem A gibt BA, und das C mit dem A gibt ZA,

und dann verbesserten sie die jungen Herren aus der Stadt, der junge Herr Gabriel und der junge Herr Lucas, und offenbarten ihnen die Fallen und sagten zu ihnen,

aber nein, das C mit dem A gibt KA, und das C mit dem I gibt CI, und das C mit dem E gibt CE, und das C mit dem O gibt KO,

und die Schweinehirten und die Schäfer, die Maultiertreiber und die Tagelöhner und die Wächter, aus der Fassung gebracht, sagten verwirrt untereinander,

die machen dir vielleicht was vor, mir scheint, die jungen Herren machen sich einen Spaß draus, uns auf den Arm zu nehmen, aber sie trauten sich nicht, die Stimme zu erheben, bis eines Abends Paco, der Kurze, zwei Gläschen leerte, dem großen jungen Herrn, dem mit den Geheimratsecken, dem von seiner Gruppe, entgegentrat, und während er die Flügel seiner plattgedrückten Nase blähte (durch die der Behauptung des Señorito Iván zufolge an den Tagen, an denen er gut gelaunt war, sein Hirn zu sehen war), fragte er,

Señorito Lucas, und wozu diese Grillen?,
und der Señorito Lucas brach in Gelächter aus und lachte sich ein paar rote, unbeherrschte Lachsalven vom Leib, und schließlich, als er sich etwas beruhigt hatte, wischte er sich die Augen mit dem Taschentuch und sagte,

das ist Grammatik, hör zu, das Warum mußt du die von der Akademie fragen,
und mehr erläuterte er nicht, doch genau betrachtet war das nur der Anfang, denn eines Nachmittags kam das G an die Reihe, und der junge Herr Lucas sagte zu ihnen,

das G mit dem A gibt GA, aber das G mit dem I gibt JI, wie in Hihihi,
und Paco, der Kurze, wurde ärgerlich, denn das ging dann doch zu weit, verdammt noch mal, sie waren zwar unwissend, aber nicht blöd, und warum mußten sie das E und das I immer bevorzugt behandeln, und der junge Herr Lucas lachte sich halb krank, so laut lachte der Mann, ein krampfhaft nervöses Lachen, und wie gewöhnlich sagte er, daß er ein Herr Niemand sei und

dies die Regeln der Grammatik seien und er nichts vermöge gegen die Regeln der Grammatik, wenn sie sich aber betrogen fühlten, sollten sie doch im Notfall an die von der Akademie schreiben, da er sich darauf beschränkte, die Dinge so darzustellen, wie sie waren, ohne den geringsten analytischen Verstand, aber diese Ungereimtheiten verstimmten Paco, den Kurzen, und seine Empörung erreichte ihren Höhepunkt, als eines Abends der junge Herr Lucas ihnen ein wunderschönes H auf die Tafel malte und sodann, nach starkem Händeklatschen, um ihre Aufmerksamkeit zu erlangen und Stillschweigen zu gebieten, warnte,

größte Vorsicht mit diesem Buchstaben; dieser Buchstabe ist ein Sonderfall, er kennt keinen Präzedenzfall, Freunde; dieser Buchstabe ist stumm,

und Paco, der Kurze, dachte bei sich, schau, wie die Charito, denn die Charito, die kleine Chica, hatte noch nie den Mund aufgemacht, die Charito redete ja nicht, sie gab nur dann und wann einen klagenden Schrei von sich, der das Haus in seinen Grundfesten erschütterte, doch angesichts der Erläuterungen des jungen Herrn Lucas verschränkte Facundo, der Schweinehirt, die Pranken über seinem hervorquellenden Bauch und sagte,

was soll das heißen, er ist stumm?, schau sich das einer an, die anderen sprechen doch auch nicht, wenn wir ihnen nicht unsere Stimme leihen, und der junge Herr Lucas, der große, der mit den Geheimratsecken,

der tönt nicht, schau, es ist, als sei er nicht da, er stellt nichts dar,

und Facundo, der Schweinehirt, ohne seine äbtliche Haltung zu verändern,

soll das ein Witz sein?, und warum schreibt man ihn dann hin?,

und der junge Herr Lucas,

eine Frage der Ästhetik,

gab er zu,

einzig, um die Wörter zu verzieren, um zu verhindern, daß der ihm nachfolgende Vokal ungeschützt dasteht, aber wer, ja, wer ihn nicht an die richtige Stelle setzt, der macht sich eines grammatikalischen Fehlers schuldig,

und Paco, der Kurze, ganz durcheinander, immer verwirrter, sattelte morgens die Stute und ritt zum Grenzrain, das war seine Arbeit, wenngleich er, seit der junge Herr Lucas mit der Buchstabensache angefangen hatte, sich veränderte, so daß der Mann wie geistesabwesend herumlief, ohne an anderes denken zu können, und wenn er vom Gutshof fortgaloppierte und dann absaß, setzte er sich in den Schatten eines Erdbeerbaums und grübelte, und wenn die Gedanken in seinem Kopf sich wie die Kirschen verhakten, nahm er seine Zuflucht zu den Schottersteinchen, und die weißen waren das E und das I, und die grauen waren das A, das O und das U, und dann bemühte er sich, Kombinationen herzustellen, um zu sehen, wie die einen oder die anderen klangen, doch er kam nicht zurecht, und abends auf dem Strohsack vertraute er seine Zweifel der Régula an und kam dabei unmerklich vom einen zum anderen, und die Régula,

gib Ruhe, Paco, der Rogelio ist wach,

und wenn Paco, der Kurze, nicht locker ließ,

gib Ruhe, Paco, Spiele sind nichts mehr für uns,

und plötzlich ertönte der herzzerreißende Schrei der kleinen Chica, und mit Paco war nichts mehr los, und er dachte, er müsse da unten irgendein verborgenes Übel haben, um so ein Kind gezeugt zu haben, nutzlos und stumm wie das H, zum Glück war die Nieves aufgeweckt, nicht wahr?, er hatte sich geweigert, sie auf diesen weißen Namen zu taufen, er paßte nicht zu ihr, weiß wie Schnee, schließlich war er selbst doch so dunkel und rotbraun, er hätte sie lieber Herminia genannt, wie die Großmutter hieß, oder ihr irgendeinen anderen Namen gegeben, aber im Sommer damals stach eine mörderische Sonne, und Don Pedro, der Gutsverwalter, behauptete, die Temperaturen sänken nicht einmal nachts unter fünfunddreißig Grad, was für ein Sommerchen, Jesusmariaundjoseph, an einen ähnlichen erinnerte sich niemand, sogar die Vögel brutzelten, und die Régula, hitzig schon von Natur, klagte,

ach, Heilige Jungfrau, was für eine Hitze, daß weder Tag noch Nacht das kleinste Lüftchen weht, und nachdem sie sich ein Weilchen erschöpft mit einem Palmenfächer Luft zugefächelt und nur das Gelenk des rechten Daumens bewegt hatte, der flach und plattgedrückt war wie ein Spatel, fügte sie hinzu,

das ist eine Strafe, Paco, und ich will die Heilige Jungfrau vom Schnee bitten, daß sie diese Strafe beendet,

aber die Hundstage hörten nicht auf, und eines Sonntags ging sie, ohne jemanden einzuweihen, zu der Mandelbaumpflanzung, zu dem Wunderheiler, und sagte nach ihrer Rückkehr zu Paco,

Paco, der Wunderheiler hat gesagt, wenn dieser Bauch ein Mädchen ist, soll es Nieves heißen, und daß bloß nicht, wenn du was gegen meinen Wunsch hast, das Kind mit einem Muttermal zur Welt kommt,

und Paco dachte an die kleine Chica und erwiderte barsch,

na schön, soll sie halt Nieves heißen,

aber Nieves, die schon als Rotznase die Schweinereien der zurückgebliebenen Schwester wegwischte und ihr die Hosen wusch, kam nicht dazu, die Schule der Herrschaft zu besuchen, denn damals wohnten sie bereits auf dem Grenzgut Abendújar, und Paco, der Kurze, brachte jeden Morgen vor dem Satteln dem kleinen Mädchen bei, wie man das B mit dem A verbindet und das C mit dem A und das C mit dem I, und das Mädchen, das ziemlich hell war, antwortete, als das Z an die Reihe kam und er zu ihr sagte,

das Z mit dem I gibt CI,

ohne Zögern,

dieser Buchstabe ist überflüssig, Vater, dafür ist das C da,

und Paco, der Kurze, lachte und suchte sein Lachen zu verstärken, ihm einen feierlichen Klang zu verleihen, indem er die Lacher des jungen Herrn Lucas nachahmte,

das erzähl mal denen von der Akademie,

und abends, gebläht vor Stolz, sagte er zu Régula,

das Mädchen ist nicht auf den Kopf gefallen,

und die Régula, die schon damals ziemlich rundlich war, meinte,

siehst du, sie nutzt eben ihr Talent und das von der anderen,

und Paco,

welcher anderen denn?,

und die Régula, ohne ihr gewohntes Phlegma aufzugeben,

von der kleinen Chica natürlich, was denkst du, Paco?,

und Paco,

dein Talent hat sie geerbt,

und fing an, sich ziemlich danebenzubenehmen,

und sie,

eh, gib Ruhe, Paco, da unten sind sie nicht, die Talente,

und Paco, der Kurze, kam immer mehr auf den

Geschmack, bis unversehens das Geheul der kleinen Chica die Stille der Nacht zerriß und Paco erstarrte, wehrlos, und schließlich sagte,

Gott schütze dich, Régula, schlafe ruhig,

und mit den Jahren gewann er das Grenzgut Abendújar lieb und die schilfgedeckte weiße Hütte mit dem Laubengang und dem behelfsmäßigen Vordach und dem Brunnen und der schattenspendenden gewaltigen Korkeiche und die Herde der grauen, über die ersten Gebirgsausläufer verstreuten Felsbrocken und den Bach mit seinem lauen Wasser und den an den Ufern faulenzenden Schildkröten, aber eines Oktobermorgens trat Paco, der Kurze, wie jeden Morgen vor die Haustür, und kaum stand er davor, hob er den Kopf, blähte die Nasenflügel, und,

da kommt ein Pferd,

sagte er,

und die Régula neben ihm beschirmte die Augen mit der rechten Hand und spähte zum Fahrweg,

eh, Paco, keine Menschenseele zu sehen,

aber Paco, der Kurze, hörte nicht auf zu schnuppern wie ein Schweißhund,

der Crespo ist das, wenn ich mich nicht täusche,

fügte er hinzu,

denn Paco, der Kurze, besaß nach Aussage des Señorito Iván eine feinere Spürnase als ein Pointer, der in die Weite wittert, und tatsächlich verging kaum eine Viertelstunde, bis Crespo, der Oberaufseher, das Grenzgut erreichte,

Paco, pack deinen Hauskram zusammen, du gehst aufs Landgut zurück,

sagte er ohne Umschweife,

und Paco,

wieso denn?,

und darauf Crespo,

Don Pedro, der Verwalter, hat es befohlen, um Mittag kommt der Lucio herunter, du hast deine Pflicht hier getan,

und in der Abendkühle luden der Paco und die Régula ihren Hausrat auf den Lastkarren und machten sich auf die Rückreise, und obendrauf, in die Bettsäcke aus Ziegenhaar gekauert, fuhren die Jungen, dahinter die Régula mit der kleinen Chica, die unablässig schrie, deren Kopf von einer Seite zur anderen pendelte und deren schlaffe reglose Beinchen unter dem Kittel hervorschauten, und Paco, der Kurze, ritt auf seiner braven Stute und bildete stolz die Nachhut, und er sagte zur Régula und erhob dabei mächtig seine Stimme, um das Geratter der Räder in den Fahrspuren zu übertönen, zwischen dem einen Heuler der kleinen Chica und dem nächsten,

jetzt wird Nieves in die Schule gehen, und Gott weiß, wie weit sie es noch bringen kann, aufgeweckt wie sie ist,

und die Régula,

eh, wir werden schon sehen,

und von seiner majestätischen Höhe herab fügte Paco, der Kurze, hinzu,

die Jungen sind schon alt genug fürs Arbeiten,

sie werden uns eine Hilfe sein im Haus,
und die Régula,
eh, wir werden ja sehen,
und Paco, der Kurze, begeistert von dem Geratter und der Neuigkeit,
jedenfalls ist in dem Haus ein Zimmer mehr da, und wir können wieder jung sein,
und die Régula seufzte, wiegte die kleine Chica und verscheuchte ihr mit Klapsen die Mücken aus dem Gesicht, während hoch über dem Fahrweg, über den schwarzen Steineichen, ein Stern nach dem anderen aufblinkte, und die Régula blickte hinauf, seufzte von neuem und sagte,
ach, damit wir wieder jung sein könnten, müßte die da still werden,
und als sie zum Gutshof gelangten, erwartete sie Crespo, der Oberaufseher, vor dem alten Haus, demselben, das sie vor fünf Jahren verlassen hatten, mit der Steinbank an der Hauswand, neben der Tür, und den schmutzigen Geranienbeeten, und in der Mitte der Weidenbaum mit dem warmen Schatten, und Paco blickte bedrückt alles an und wiegte den Kopf von einer Seite zur anderen und senkte schließlich die Augen,
was sollen wir tun!,
sagte er resigniert,
es ist Gottes Wille,
und ganz in der Nähe war Don Pedro, der Verwalter, der Anweisungen erteilte,
guten Abend, Don Pedro, hier sind wir wieder und stehen zu Diensten, wenn's beliebt,

Gott schenke uns einen guten Abend, Paco, nichts Neues auf dem Grenzgut?,
und Paco,

nichts Neues, Don Pedro,

und während des Ausladens folgte ihnen Don Pedro vom Karren zur Tür und von der Tür zum Karren,

hör mal, Régula, du sollst wie früher auf das Hoftor aufpassen und den Riegel zurückschieben, sobald du den Wagen hörst, du weißt ja, daß weder die Señora noch der Señorito sich anmelden und daß sie aber auch nicht warten wollen,
und die Régula,

eh, zu Diensten, Don Pedro, dafür sind wir da,
und Don Pedro,

frühmorgens läßt du die Truthähne raus und kratzt die Hühnerställe sauber, sonst hält es kein Mensch aus bei dem Gestank, so eine Sauerei, und du weißt schon, daß die Señora gut ist, aber man legt Wert darauf, daß alles an seinem Platz steht,
und die Régula,

eh, zu Diensten, Don Pedro, dafür sind wir da,
und Don Pedro, der Verwalter, erteilte weitere Unterweisungen und hörte nicht auf, Unterweisungen zu erteilen, und zum Schluß legte er den Kopf auf die Seite, biß sich in die linke Backe und blieb wie benommen stehen, als habe er

etwas äußerst Wichtiges ausgelassen, und die Régula, unterwürfig,

noch irgend etwas, Don Pedro?,

und Don Pedro, der Verwalter, kaute nervös auf dem Backenfleisch herum und wandte den Blick zu Nieves, sagte aber nichts, und dann, als es so aussah, als ob er aufbrechen wollte, drehte er sich, ohne die Lippen zu öffnen, jäh zu Régula um,

das ist eine Sache für sich, Régula,

stammelte er,

eigentlich sind das Dinge, die unter Frauen verhandelt werden müssen, aber ...,

und die Pause wurde beklemmender, bis die Régula, unterwürfig,

sagen Sie es bitte, Don Pedro,

und Don Pedro,

ich spreche von der Kleinen, Régula, die Kleine könnte ganz gut mal meiner Frau im Haus ein bißchen an die Hand gehen, denn genaugenommen drückt sie sich ganz gern vor häuslichen Dingen,

und er lächelte säuerlich,

die Arbeit schmeckt ihr nicht, und die Kleine ist ja schon groß, sie hat sich ganz schön herausgemacht in kurzer Zeit, man braucht sie sich bloß anzusehen,

und nachdem Don Pedro, der Verwalter, das gesagt hatte, schrumpfte Paco, der Kurze, wie ein Ballon, genau wie seine Männlichkeit, wenn die kleine Chica mitten in der Nacht losschrie, und er blickte zur Régula, und die Régula blickte zu Paco, dem Kurzen, und schließlich blähte Paco, der Kurze, die Nasenflügel, zog die Schultern ein und sagte,

wie Sie befehlen, Don Pedro, dafür sind wir da,
und mit einemmal, ohne daß es ihm bewußt wurde, weiteten sich Don Pedros Pupillen, und er faselte los, als wolle er sich unter der Flut seiner nicht zu bremsenden Worte selbst begraben,

jetzt wollen nämlich alle Señoritos sein, Paco, verstehst du, es ist nicht mehr wie früher, heute will sich niemand mehr die Hände dreckig machen, die einen in der Hauptstadt und die anderen im Ausland, wo auch immer, jetzt heißt es, nicht stehenbleiben, das ist in Mode, verstehst du, sie meinen nämlich, damit sei das Problem gelöst, stell dir vor, doch im besten Fall kommt es so weit, daß sie Hunger leiden oder vor Langeweile sterben, verstehst du das, was anderes gibt es nicht, nein, aber der Kleinen soll es bei uns im Haus an nichts fehlen, das sag' ich nicht nur einfach so . . .,
und die Régula und Paco, der Kurze, nickten mit dem Kopf und tauschten verstohlene Verschwörerblicke, aber Don Pedro, der Verwalter, achtete nicht darauf, denn er war sehr aufgeregt, Don Pedro, der Verwalter,

und wenn ihr damit einverstanden seid, erwarten wir morgen früh die Kleine bei uns, und

damit sie euch nicht fehlt und sie sich nicht ängstigt, denn wir alle wissen, wie die jungen Burschen heutzutage sind, kann sie nachts hier schlafen,
und nach viel Gefackel und Gestikulieren machte sich Don Pedro auf den Weg, und die Régula und Paco, der Kurze, begannen schweigsam ihre Siebensachen zu verstauen, und dann aßen sie zu Abend, und nach Beendigung der Mahlzeit setzten sie sich ans Feuer, und in diesem Augenblick platzte Facundo, der Schweinehirt, herein,

du hast vielleicht Nerven, Paco, im oberen Haus kommt nicht einmal Gott zur Ruhe, du kennst ja Doña Purita, die sieht doch aus, als würde sie mit tausend Nadeln gepiekt, das hysterische Weib, und nicht mal er hält sie aus,
sagte er,
da aber weder die Régula noch Paco, der Kurze, etwas erwiderten, fügte Facundo schnell hinzu,

du kennst sie nicht, Paco, wenn du mir nicht glaubst, so frag doch die Pepa, die dort gearbeitet hat,
aber die Régula und Paco blieben stumm, und angesichts dessen machte Facundo, der Schweinehirt, kehrt und zog ab, und am Morgen stellte Nieves sich pünktlich im oberen Haus ein und am darauffolgenden Tag ebenso, bis daraus eine Gewohnheit wurde und die Tage unmerklich verstrichen, und als der Mai kam, erschien eines Tages Carlos Alberto, der Älteste des Señorito Iván, um die Kommunion in der Gutskapelle zu

empfangen, und zwei Tage darauf, nach langen Vorbereitungen, kam die Señora Marquesa mit dem Bischof im großen Wagen angefahren, und die Régula blieb, sobald sie das Hoftor geöffnet hatte, angesichts des Purpurs überwältigt stehen, ohne zu wissen, was tun, und dann, völlig verwirrt, nickte sie zunächst zweimal mit dem Kopf, beugte das Knie und bekreuzigte sich, doch die Señora Marquesa bedeutete ihr von ihrer unerreichbaren Höhe herab,

den Ring, Régula, den Ring,

und nun bedeckte sie den Bischofsring mit Küssen, doch der Bischof lächelte und entzog ihr unauffällig die Hand, dann schritt er verlegen durch die von Blumen überquellenden Beete und betrat unter den ehrerbietigen Verbeugungen der Schweinehirten und der Tagelöhner das Herrenhaus, und am nächsten Tag wurde das Fest mit allem Pomp gefeiert, und nach der religiösen Zeremonie in der kleinen Kapelle versammelte sich das Gesinde im Hofraum und aß Schokolade und weiches Brot, und,

es lebe der Señorito Carlos Alberto!,

und,

es lebe die Señora!,

jauchzten sie, aber Nieves konnte nicht dabeisein, weil sie die Gäste im Herrenhaus bedienen mußte, und sie tat das mit großem Geschick, mit der linken Hand nahm sie die schmutzigen Teller weg und stellte die sauberen mit der rechten hin, und als es an der Zeit war, die Schüsseln zu reichen, neigte sie sich leicht über die linke Schulter des Tischgastes, den rechten Unterarm auf dem Rücken, und deutete ein Lächeln an, alles mit so viel Anmut und Zurückhaltung, daß die Señora den Blick auf ihr ruhen ließ und Don Pedro, den Verwalter, fragte, wo er denn dieses Juwel ausgegraben habe, und Don Pedro, der Sachverständige, überrascht,

es ist die von Paco, dem Kurzen, dem Aufseher, dem Jagdgehilfen von Iván, der bis vor einigen Monaten auf dem Grenzgut Abendújar gearbeitet hat, die Jüngere, die sich plötzlich herausgemacht hat,

und die Señora,

die von der Régula?,

und Don Pedro, der Verwalter,

genau, die von der Régula, Purita hat ihr in vier Wochen Schliff beigebracht, die Kleine ist aufgeweckt,

und die Señora ließ nicht den Blick von Nieves, beobachtete jede einzelne ihrer Bewegungen, und bei einer ihrer Gesten sagte sie zu ihrer Tochter,

Miriam, ist dir das Mädchen nicht aufgefallen?, was für ein Pflänzchen, was für Manieren!, wenn man die noch ein wenig zurechtstutzte, würde sie eine gute erste Zofe abgeben,

und die Señorita Miriam blickte Nieves verstohlen an,

wirklich, die Kleine ist nicht übel,

sagte sie,

wenn du mich fragst, für meinen Geschmack hat sie hier eine Spur zuviel,
und sie deutete auf ihre Brust, aber Nieves, atemlos, ferngerückt von allem, fühlte sich wie verwandelt durch die Anwesenheit des Jünglings, des Carlos Alberto, so blond, so schmuck, mit seinem weißen Matrosenanzug und seinem weißen Rosenkranz und seinem weißen Meßbüchlein, so daß sie ihm beim Bedienen ganz verzückt zulächelte, als lächle sie einem Erzengel zu, und als sie abends nach Hause kam, sagte sie, obwohl sie vom Trubel des Tages völlig gerädert war, zu Paco, dem Kurzen,

Vater, ich möchte auch die Kommunion empfangen,
aber mit solchem Nachdruck, daß Paco, der Kurze, erschrak,

was sagst du da?,
und sie, hartnäckig,

daß ich die Kommunion empfangen will, Vater,
und Paco, der Kurze, hob beide Hände zur Nachtmütze, als wolle er sich den Kopf festhalten,

ich werde zuerst mit Don Pedro sprechen müssen, Kind,
und Don Pedro, der Verwalter, brach, als er aus dem Mund von Paco, dem Kurzen, das Ansinnen der Kleinen vernahm, in Gelächter aus, legte die Handflächen aneinander und blickte ihm fest in die Augen,

aus welchem Grund, Paco?, kannst du mir

sagen, was für eine Grundlage die Kleine hat, um die Kommunion empfangen zu können?, die Kommunion ist keine Grille, Paco, sie ist eine viel zu ernste Angelegenheit, als daß man sie als Scherz auffassen dürfte,

und Paco, der Kurze, beugte den Nacken,

wie Sie meinen,

aber Nieves zeigte sich halsstarrig und ließ nicht locker, und angesichts Don Pedros untätiger Haltung wandte sie sich an Doña Purita,

Señorita, ich bin vierzehn und fühle hier drinnen so ein Verlangen,

und zunächst betrachtete Doña Purita sie verblüfft, dann öffnete sie ihren roten, scharf gezeichneten Mund mit den leicht vorstehenden Zähnen,

was ist in dich gefahren, Kleine!, brauchst du nicht eher einen Schafsknecht?,

und sie kicherte los und wiederholte,

was ist bloß in dich gefahren!,

und von da an wurde Nieves' Begehren im oberen Haus und im Herrenhaus als Unsinn abgetan und mußte als Gesprächsstoff herhalten, und jedesmal, wenn Gäste des Señorito kamen und die Unterhaltung aus irgendeinem Grund zähflüssig wurde oder ins Stocken geriet, deutete Doña Purita mit ihrem rosaroten, adretten Zeigefinger auf Nieves und rief,

schaut euch bloß die Kleine an, jetzt hat sie sich auch noch in den Kopf gesetzt, die Kommunion zu empfangen, und rings um den großen Tisch verwunderte Ausrufe und belustigte Blicke und anhaltendes Gemurmel wie Vogelgeflatter und in der Ecke unterdrücktes Gelächter, und sobald die Kleine den Raum verlassen hatte, sagte der Señorito Iván,

schuld an alldem ist das verfluchte Konzil,

und einer der Gäste hörte auf zu essen und blickte ihn fest und gleichsam forschend an, und nun hielt es der Señorito für seine Pflicht zu erklären,

die Vorstellungen dieser Leute – sie bilden sich ein, sie müßten wie Menschen behandelt werden, und das geht doch nicht, ihr seht es doch, aber die Schuld liegt nicht bei ihnen, schuld ist dieses verfluchte Konzil, das sie verdorben hat,

und in solchen und anderen ähnlichen Fällen verdrehte Doña Purita schmachtend ihre von Wimperntusche schwarzen Augen, wandte sich dem Señorito Iván zu und strich mit der Spitze ihrer Stupsnase an seinem Ohrläppchen vorbei, und der Señorito Iván beugte sich über sie und näherte sich ungeniert dem herrlichen Abgrund ihres Busenausschnitts und schickte sich an, etwas zu sagen, um seine Handlungsweise irgendwie zu rechtfertigen,

was meinst du, Pura, kennst du sie?,

aber Don Pedro, der Verwalter, der ihnen direkt gegenüber saß, beobachtete beide, ohne mit der Wimper zu zucken, biß sich in die fleischlose

Backe, geriet aus der Fassung, und sobald die Gäste sich zurückzogen und Doña Purita und er sich allein im oberen Haus befanden, verlor er die Selbstbeherrschung,

du ziehst den ausgeschnittenen Büstenhalter an und präsentierst das große Dekolleté immer wenn *er* kommt, um ihn zu provozieren, oder glaubst du, ich bin blind,

stammelte er,

und jedesmal, wenn sie aus der Stadt zurückkehrten, aus dem Kino oder aus dem Theater, das gleiche Lied, schon bevor sie aus dem Wagen stiegen, hörte man ihre Stimmen,

du Hure, bist schlimmer als eine Hure!,

aber Doña Purita trällerte, ohne auf ihn zu achten, stieg aus dem Wagen und vollführte auf der Treppe mit wiegenden Hüften Tanzgebärden und Tanzschritte und sagte, auf ihre winzigen Füße blickend,

wenn Gott mir diese Gaben geschenkt hat, brauche ich mich dafür nicht zu schämen,

und Don Pedro, der Verwalter, lief mit hochroten Wangen und weißen Ohrläppchen hinter ihr her,

es geht nicht darum, was du hast, es geht darum, was du vorzeigst, daß du dich mehr zur Schau stellst als das Schauspiel,

und so ging es weiter, doch sie, Doña Purita, verlor keine Sekunde die Haltung, betrat die große Vorhalle, die Hände in der Taille, die Hüften übertrieben wiegend, ohne mit ihrem Geträller aufzuhören, und nun schlug er dröhnend die Tür zu und näherte sich dem Waffenschrank, ergriff die Reitpeitsche,

dich werde ich Mores lehren, dich!,

krakeelte er,

und sie blieb vor ihm stehen, hörte auf zu trällern, blickte ihm fest und herausfordernd in die Augen,

ich weiß genau, daß du es nie wagen wirst, du Schlappschwanz, aber wenn du mich mit diesem Ding anrührst, hast du mich zum letztenmal gesehen,

sagte sie,

und wiegte sich von neuem, nachdem sie ihm den Rücken zugekehrt hatte, und war dabei, sich in ihre Gemächer zurückzuziehen, und er schrie unaufhörlich hinter ihr her, fuchtelte mit den Armen, doch es waren nicht so sehr Schreie, sondern ein abgehacktes Geheul, und auf dem Höhepunkt der Krise überschlug sich seine Stimme, er schleuderte die Peitsche auf ein Möbelstück, brach in Schluchzen aus und stöhnte zwischen einem Schluckauf und dem nächsten,

du genießt es, mich leiden zu lassen, Pura, wenn ich tue, was ich tue, dann weil ich dich liebe,

aber Doña Purita machte schon wieder weiter mit ihren Gebärden und Hüftverdrehungen,

da hätten wir wieder unseren kleinen Krach,

sagte sie,

und um sich zu zerstreuen, stellte sie sich vor

den großen Schrankspiegel und betrachtete sich in verschiedenen Posen, neigte den Kopf, schüttelte das Haar und lächelte sich mit immer größerer Freigebigkeit zu, bis sie die Mundwinkel verziehen mußte, während Don Pedro, der Verwalter, bäuchlings aufs Bett fiel, das Gesicht mit den Händen bedeckte und wie ein Kind losheulte, und Nieves, die dem Auftritt mehr oder weniger beigewohnt hatte, packte ihr Zeug und schlich auf leisen Sohlen nach Hause, und wenn sie zufällig Paco, den Kurzen, wach antraf, sagte sie zu ihm,

sie haben sich heute abend in die Haare gekriegt, Vater, er hat sie in den Senkel gestellt,

Don Pedro?,

fragte ungläubig Paco, der Kurze,

Don Pedro,

und Paco, der Kurze, faßte sich mit beiden Händen an den Kopf, wie um ihn festzuhalten, wie um ihn am Fortfliegen zu hindern, verdrehte die Augen und sagte mit gedämpfter Stimme,

Kind, diese Zänkereien im oberen Haus gehen dich nicht das geringste an, für dich gibt's nur eines: hören, sehen und den Mund halten,

aber am Tag nach einer dieser Streitereien wurde auf dem Gutshof die Treibjagd der Heiligen begangen, die berühmteste, und Don Pedro, der Verwalter, der ein mäßiger Schütze war, traf nicht ein einziges Rebhuhn, um nichts auf der Welt, und der Señorito Iván, hinter dem nächsten Jagdschirm, der gerade vier Vögel desselben

Flugs erlegt hatte, zwei von der Spitze und zwei vom Ende, erläuterte Paco, dem Kurzen, hämisch,

hätte ich's nicht gesehen, ich würde es nicht glauben, wann lernt der Schlappschwanz endlich richtig zielen?, die fliegen ihm vor die Flinte, und er trifft nicht mal eine Feder, begreifst du das, Paco?,

und Paco, der Kurze,

wie soll ich nicht, Señorito Iván, das sieht ja ein Blinder,

und der Señorito Iván,

er ist nie ein großer Matador gewesen, aber er schießt zu oft vorbei, um normal zu sein, mit dem Tölpel muß was nicht stimmen,

und Paco, der Kurze,

das nicht, das mit der Jagd ist eine Lotterie, heute klappt's und morgen nicht, das kennt man, und der Señorito Iván zielte ein ums andere Mal genau und mit erstaunlich raschen Reflexen, und zwischen einem Pengpeng und dem nächsten Pengpeng bemerkte er, den Mund gegen den Gewehrkolben gedrückt, verzerrt,

eine Lotterie bis zu einem gewissen Grad, Paco, täuschen wir uns nicht, denn die Vögel, die vor diesem Schlappschwanz einfallen, holt man mit der Mütze herunter,

und nachmittags, beim Mittagessen im Herrenhaus, präsentierte sich Doña Purita wieder mit ihrem ausgeschnittenen Büstenhalter und dem freigebigen Dekolleté, und schon schäkerte sie mit dem Señorito Iván los, da ein Lächeln, dort ein Blinzeln, während Don Pedro, der Verwalter, an der Ecke des Tisches auf Kohlen saß, ohne zu wissen, wie er sich verhalten sollte, und er biß sich in die Innenseite seiner fleischlosen Backen und wurde so zittrig, daß er nicht einmal mit seinem Besteck zurechtkam, und als sie, Doña Purita, den Kopf über Señorito Iváns Schulter neigte und ihm schöntat und beide miteinander herumzuturteln begannen, richtete sich Don Pedro, der Verwalter, halb auf, hob den Arm, zeigte mit dem Finger und sprach mit Nachdruck, um die Aufmerksamkeit aller auf sich zu lenken,

da habt ihr die Kleine, die sich in den Kopf gesetzt hat, die Kommunion empfangen zu wollen!,

und Nieves, die gerade den Tisch abdeckte, bekam plötzlich einen Magenkrampf und fühlte, wie ihr Atem stockte, und wurde unsicher, lächelte jedoch mit einer gefälligen Grimasse, obwohl Don Pedro, der Verwalter, noch immer mit anklagendem Zeigefinger unerbittlich auf sie zeigte und wie ein Wahnsinniger grölte, ganz außer sich, während alle übrigen lachten,

daß dir bloß nicht der Kamm schwillt, Kleine, mach mir ja keine Scherben!,

bis Señorita Miriam erbarmungsvoll einwarf,

was ist denn Schlimmes daran?,

und Don Pedro, der Verwalter, senkte den Kopf etwas besänftigt und murmelte, wobei die eine Hälfte seines Schnurrbarts ein wenig zitterte,

mit Verlaub, Miriam, das arme Geschöpf hat von nichts die leiseste Ahnung, und ihr Vater hat nicht mehr Verstand als ein Schwein, was für eine Art Kommunion kann sie da beanspruchen?,
und die Señorita Miriam reckte den Hals, hob den Kopf und sagte, als sei sie überrascht,

ist es möglich, daß unter so vielen Leuten niemand ist, der sie darauf vorbereitet?,
und dabei blickte sie unverwandt Doña Purita auf der anderen Seite des Tisches an, doch nicht diese, sondern Don Pedro, der Verwalter, wurde verlegen, und abends, im oberen Haus, sagte er beiläufig zu Nieves,

du warst doch hoffentlich heute nachmittag nicht böse auf mich, nicht wahr, Kleine?, ich habe ja nur Spaß gemacht,
aber er bedachte nicht, was er sagte, während er mit Nieves sprach, sondern ging geradewegs auf Doña Purita zu, und als er vor ihr stand, verengten sich seine Augen, strafften sich seine Backen, er legte seine zittrigen Hände auf ihre zarten bloßen Schultern und sagte,

darf man erfahren, was du vorhast?,
aber Doña Purita riß sich mit einer verächtlichen Bewegung los, machte kehrt und begann wieder mit ihrem gezierten Getue und ihrem Geträller, und Don Pedro, der Verwalter, ganz außer sich, griff wieder zur Pferdepeitsche und lief hinter ihr her,

das verzeihe ich dir nie, du Miststück!,
schrie er,
und seine Wut war so groß, daß ihm die Worte in der Kehle steckenblieben, aber wenige Minuten, nachdem er das Schlafzimmer betreten hatte, hörte Nieves ihn wie gewöhnlich aufs Bett sinken und erstickt ins Kissen schluchzen.

Drittes Buch
Der Milan

Mittlerweile traf der Azarías auf dem Gutshof ein, und die Régula wünschte ihm einen guten Tag und legte ihm wie üblich den Strohsack neben den Herd, doch der Azarías blickte sie nicht einmal an, sondern brummte und raunzte und tat, als kaue er etwas im leeren Mund, und seine Schwester sagte,

ist etwas mit dir, Azarías, du bist doch nicht krank?,

und der Azarías, den leeren Blick aufs Feuer gerichtet, brummte und preßte die zahnlosen Kiefer aufeinander, und die Régula,

eh, dir ist doch nicht etwa auch der andere Milan gestorben, Azarías?,

und nachdem der Azarías sich lange gesträubt hatte, sagte er,

der Señorito hat mich entlassen,

und die Régula,

der Señorito?,

und der Azarías,

er sagt, ich bin zu alt,

und die Régula,

ach, das kann dir doch dein Señorito nicht sagen, wenn du alt geworden bist, dann doch bei ihm, und der Azarías,

ich bin ein Jahr älter als der junge Herr,

und er brummte und kaute auf dem Nichts, auf dem Hocker sitzend, die Ellbogen auf den Schenkeln, den Kopf zwischen den Händen, den leeren Blick auf die Feuerstelle geheftet, doch unversehens hörte man das Geschrei der kleinen Chica, und Azarías' Augen leuchteten auf, und seine Lippen öffneten sich zu einem sabbernden Lächeln, und er sagte zu seiner Schwester,

bring mir die kleine Chica, geh,

und die Régula,

eh, sie wird dreckig sein,

und der Azarías,

los, geh, hol mir die kleine Chica,

und weil er darauf beharrte, stand die Régula auf und kam mit der Charito wieder, deren Körper nicht größer war als ein Feldhase und deren Beinchen sich krümmten wie die einer Stoffpuppe, als wären sie knochenlos, aber der Azarías nahm sie in seine zitternden Hände, bettete sie in seinen Schoß, lehnte behutsam ihr baumelndes Köpfchen an seinen kräftigen Arm, unterhalb der Achsel, und begann sie sanft zwischen den Brauen zu kraulen, während er murmelte,

schöner Milan, schöner Milan,

und sobald Paco, der Kurze, vom Nachmittagsdienst zurückkehrte, ging die Régula ihm entgegen,

eh, wir haben Besuch, Paco, wer, glaubst du, ist gekommen?,

und Paco, der Kurze, schnüffelte einen Augenblick und sagte,

dein Bruder ist gekommen,

und sie,

richtig, aber diesmal nicht für eine Nacht, auch nicht für zwei, sondern um hierzubleiben, er sagt, der Señorito hat ihn entlassen, da soll sich einer auskennen, man wird sich erkundigen müssen,

und am nächsten Morgen, sobald es hell war, sattelte Paco, der Kurze, die Stute und durchritt die Talsohle in gestrecktem Galopp, den Steineichenwald und das Zistrosenfeld, und begleitet vom Gebell der Hofhunde fand er sich auf dem Gutshof des Brotherrn vom Azarías ein, doch der Señorito ruhte noch, und Paco, der Kurze, saß ab und schwatzte eine Weile mit der Lupe, der vom Dacio, dem Schweinehirten,

ein verlauster Kerl, das ist er und nichts anderes, die ganze Bude voller Scheiße, und als wenn das noch nicht reichen würde, pinkelt er auch noch in die Hände, der geniert sich vor gar nichts,

und Paco, der Kurze, stimmte zu, aber,

das ist doch nichts Neues, Lupe,

und die Lupe,

neu ist es nicht, aber es geht einem mit der Zeit auf die Nerven,

mit ihrer endlosen Jammerlitanei, und so ging es fort, bis der Señorito auftauchte und Paco, der Kurze, aufstand, wie es sich gehörte, einen guten Tag,

einen guten Tag möge unser Herrgott uns geben, Señorito,
und er nahm seine Mütze ab und begann sie in den Händen zu drehen, wieder und wieder, als sei sie ihm lästig, und schließlich,

Señorito, der Azarías sagt, Sie hätten ihn entlassen, gibt's denn so was, nach all den Jahren,
und darauf der Señorito,

wollen mal sehen, ob wir uns verstehen, wer bist du überhaupt?, wer hat dich zur Totenwache bei dieser Beerdigung bestellt?,
und Paco, der Kurze, eingeschüchtert,

verzeihen Sie, der Schwager vom Azarías, der vom Hof Pilón, der von der Señora Marquesa, ein Untergebener von Crespo, dem Oberaufseher, Sie wissen schon,
und der Señorito des Azarías,

ah, ja!,
und er bewegte langsam, bekräftigend den Kopf mit nachdenklich geschlossenen Augen, und schließlich gab er zu,

richtig, der Azarías lügt nicht, es stimmt, daß ich ihn entlassen habe, was hätte ich sonst tun sollen, ein Kerl, der in die Hände pinkelt, ich kann keine Waldschnepfe essen, die er gerupft hat, mit bepißten Händen, das mußt du dir mal vorstellen!, eine Sauerei ist das, und sag du mir doch, wenn er keine Waldschnepfe rupft, was für Arbeit leistet er mir dann auf dem Gutshof, ein alter Knacker, bei dem es da oben nicht stimmt?, und er zeigte auf seine Stirn, tippte sich kräftig mit dem Finger an die Stirn, und Paco, der Kurze, die Augen auf seine Stiefelspitzen geheftet, drehte noch immer die Mütze in den Händen, so, vor seinem Geschlechtsteil, und schließlich faßte er sich ein Herz, und,

genau besehen haben Sie wohl recht, Señorito, aber bedenken Sie doch, mein Schwager hat hier seine Milchzähne bekommen, zu Sankt Eustachius werden es einundsechzig Jahre, damals war er noch ein Winzling sozusagen . . .,
aber der Señorito wedelte mit einer Hand und unterbrach ihn,

alles, was du willst, du, nur nicht die Stimme erheben, das fehlte gerade noch, denn wenn ich deinen Schwager einundsechzig Jahre lang ertragen habe, dann verdiene ich einen Preis, hörst du?, schöne Zeiten, in denen man einen, der nicht richtig ist im Kopf, aus Nächstenliebe aufnimmt, einen, der in alle Ecken macht und, als genügte das nicht, auch noch in die Hände pinkelt, bevor er mir die Waldschnepfen rupft, einfach zum Kotzen, das ist es,
und Paco, der Kurze, ohne aufzuhören, seine Mütze in den Händen zu drehen, nickte, immer verzagter,

ich nehme ihn ja auf, Señorito, aber sehen Sie doch, da im Haus, zwei Zimmer mit vier Kindern, wir können uns kaum rühren,
und der Señorito,

alles, was du willst, du, aber ich habe hier kein

Altersheim, und für solche Fälle ist die Familie zuständig, oder nicht?,
und Paco, der Kurze,
wie Sie meinen,
und Schritt für Schritt wich er zurück zu seiner Stute, doch als er den Stiefel in den Steigbügel stellte und aufsaß, fielen dem Herrn des Azarías allerhand neue Beweggründe ein,
und dann kommt noch hinzu, daß der Azarías flucht und Ventile von den Rädern der Autos meiner Freunde abschraubt, das mußt du dir mal vorstellen, auch dem Minister in Person, und du wirst also verstehen, daß ich niemanden mehr einladen kann, weil dieser Schwachsinnige . . .,
und dabei erhob er allmählich seine Stimme, während Paco, der Kurze, sich im Trab auf seiner Stute entfernte,
ihnen die Luft aus den Reifen läßt . . . begreifst du das . . .!,
aber genau besehen war der Azarías eine Last wie das andere Geschöpf, die kleine Chica, das sagte auch die Régula, unschuldige Kreaturen, zwei unschuldige Kreaturen sind sie, aber sie gab wenigstens Ruhe, die Charito, der Azarías jedoch nie, weder in der Sonne noch im Schatten, und nachts tat er bei seinem Herumgelaufe und Geräusper kein Auge zu, und wenn er zu knurren anfing, klang das wie bei einem Hund, und so ging es, bis das Morgengrauen im Hof dämmerte, und er kaute Speichelschleim, trug eine Hose mit Flicken auf den Knien, und die Schweinehirten

und die Wächter und die Tagelöhner, immer das alte Lied,

Azarías, gehst du fischen?,

und er lächelte dem Nichts entgegen, während er die Hühnerställe ausmistete, schnurrte und biß sich aufs Zahnfleisch, und schließlich packte er einen Bottich mit jeder Hand und sagte,

ich geh' und hole Dünger für die Blumen,

und er durchschritt das Hoftor und verlor sich auf dem Bergrücken zwischen den Zistrosen und den Steineichen, auf der Suche nach Antonio Abad, dem Schafhirten, der zu jener Stunde nicht weit sein konnte, und sobald er auf ihn stieß, wanderte er bedächtig hinter der Herde drein, bückte sich und las frischen Schafkot auf, bis seine Eimer sich füllten, und wenn sie voll waren, kehrte er zum Gutshof zurück und murmelte unhörbare Worte, weißer Speichel klebte in seinen Mundwinkeln, und sobald er im Hofgelände ankam, war schon die Pepa da oder der Abundio oder die Remedios, die vom Crespo, oder sonst jemand,

da ist schon der Azarías mit dem Dünger für die Geranien,

und der Azarías lächelte, schritt die Blumenbeete und Rabatten ab und verteilte gleichmäßig die Köttel, und die Pepa oder der Abundio oder die Remedios oder selbst der Crespo,

er bringt mehr Scheiße auf den Gutshof, als er fortschleppt,

und die Régula mit geduldiger Gebärde,

eh, er belästigt doch niemand und ist wenigstens beschäftigt,
aber der Facundo oder die Remedios oder die Pepa oder selbst der Crespo verzogen das Gesicht,

wirst schon sehen, wenn die Señora kommt,
aber der Azarías war eifrig und bemüht und kam Morgen für Morgen aus den Steineichenwäldern mit zwei Eimern voll Schafkot, so daß nach einigen Wochen die Blumen aus kegelförmigem Mist, schwarz wie kleine Vulkane, herausragten und die Régula einschreiten mußte,

eh, keinen Dünger mehr, Azarías, nein, kümmre dich jetzt eine Weile um die kleine Chica,
sagte sie zu ihm,
und abends bat sie Paco, den Kurzen, er solle sich für den Azarías eine Arbeit ausdenken, denn in den Gärten wäre schon mehr als genug Dünger, und wenn man ihn unbeschäftigt lasse, würde ihn sofort die Faulheit überkommen, er würde sich unter die Erdbeerbäume legen, und niemand würde es mehr mit ihm aushalten, doch im Lauf jener Tage kam Rogelio, der junge Bursche, bereits allein zurecht und fuhr den Traktor durchs Gelände, hierhin, dorthin, einen roten Traktor, frisch importiert, und er verstand sich darauf, ihn auseinanderzunehmen und zusammenzumontieren, und jedesmal, wenn er die Régula um den Azarías besorgt sah, sagte er zu ihr,

ich geh' zum Onkel, Mutter,

denn der Rogelio war voller Herzlichkeit und redselig, ganz im Gegensatz zu Quirce, der jeden Tag wortkarger und mürrischer wurde, so daß die Régula sich fragte,

was mag nur in den Quirce gefahren sein neuerdings?,

aber der Quirce gab keine Auskunft, und jedesmal, wenn er über zwei freie Stunden verfügte, verschwand er aus dem Gutshof und kehrte abends heim, ein wenig betrunken und zugeknöpft, denn er lächelte niemals, nie, außer wenn sein Bruder Rogelio den Azarías fragte,

Onkel, warum zählen Sie nicht die Maiskolben?,

und der Azarías, gefügig, beflügelt vom Fieber des Diensteifers, setzte sich vor den riesigen Haufen Maiskolben neben dem Getreidespeicher, und,

eins, zwei, drei, vier, fünf . . .,

zählte er geduldig, und immer, wenn er bei elf angelangt war, sagte er,

dreiundvierzig, vierundvierzig, fünfundvierzig,

und dann, ja, dann lächelte der Quirce sein etwas angespanntes, etwas gezwungenes Lächeln, doch einmal, als er lächelte, ereiferte sich seine Mutter, die Régula, und schimpfte mit ihm, die Beine gespreizt, die Hände in die Hüften gestemmt, und erdolchte ihn fast mit den Blikken,

eh, hübsch ist das, sich über einen alten Narren lustig zu machen heißt, Gott beleidigen,
und verärgert ging sie die kleine Chica holen, nahm sie in die Arme und reichte sie dem Azarías,

nimm sie, wieg sie in den Schlaf, sie ist die einzige, die dich versteht,
und der Azarías nahm die kleine Chica liebevoll entgegen und lullte sie ein, auf der Steinbank neben der Haustür sitzend, und sagte mit verschleierter Stimme, mümmelnd, weil ihm die Zähne fehlten, immer wieder,

schöner Milan, schöner Milan,
bis die beiden fast gleichzeitig im Sonnenschatten des Laubengangs einschliefen, wie zwei Engel lächelnd, doch eines Morgens, als sie die kleine Chica kämmte, fand die Régula eine Laus zwischen den Kammzinken und geriet in Wut und lief zum Azarías,

Azarías, seit wann hast du dich nicht mehr gewaschen?,
und der Azarías,

das ist was für Herrschaften,
und sie, die Régula,

ach, die Herrschaften, Wasser kostet kein Geld, du Dummkopf, du Schweinigel,
und der Azarías zeigte wortlos seine Hände, Unter- und Oberseite mit ihren schmutzverkrusteten Falten, und sagte schließlich demütig als Erklärung,

ich pinkle jeden Morgen drauf, damit sie nicht rissig werden,
und die Régula, außer sich,

eh, so ein Schwein, siehst du nicht, daß du Läuse hast und daß du das Kind ansteckst?,
aber der Azarías sah sie mit seinen flehenden gelblichen Pupillen, mit seinem gebeugten Kopf entgeistert an und knurrte wie ein Hund, kaute mit seinem Zahnfleisch Speichel, und seine Unschuld und Demut entwaffneten seine Schwester,

Tagedieb, schlimmer als ein Tagedieb, ich werd' mich um dich kümmern müssen, so als wärst du ein Säugling mehr,
und am nächsten Nachmittag kletterte sie auf den Anhänger neben den Rogelio und fuhr mit ihm nach Cordovilla zum Hachemita und kaufte drei Unterhemden und trat nach ihrer Heimkehr vor den Azarías,

du ziehst mir jede Woche ein neues an, hast du mich verstanden?,
und der Azarías nickte und verzog den Mund, aber nach Ablauf eines Monats ging die Régula zu ihm hin, als er gerade im Schatten des Weidenbaums saß,

eh, darf man erfahren, wo du die Hemden hingetan hast, die ich dir gekauft habe?, es sind fast vier Wochen, und noch hab' ich dir nicht eins gewaschen,
und der Azarías senkte demütig die gelblichen, blutunterlaufenen Augen und brummte kaum

merklich, bis seine Schwester die Geduld verlor und ihn schüttelte, und als sie ihn am Kragen packte, entdeckte sie die drei Hemden, eines über dem anderen, alle drei, und,

Sauigel, was für ein Sauigel, bist ja schlimmer als die Schweine, zieh das aus, hörst du?, zieh das Zeug gefälligst aus,

und unterwürfig zog der Azarías die geflickte braune Kordsamtjacke aus und gleich danach die Hemden, eines nach dem anderen, alle drei, und stellte einen bärenstarken bloßen Rumpf zur Schau, mit grauer Haarwolle bekleidet, und die Régula,

eh, wenn du eines ausziehst, ziehst du das andere, das saubere, an, ausziehen und anziehen, das ist die ganze Wissenschaft,

und der Rogelio lachte und bedeckte den Mund mit seiner großen braunen Hand, um das Lachen zu ersticken und um seine Mutter und Paco, den Kurzen, nicht zu reizen, der auf der Steinbank neben der Haustür saß und den Auftritt schwermütig betrachtete und schließlich den Kopf senkte,

er ist ja schlimmer als die kleine Chica,

murmelte er,

und so verstrich die Zeit, und als der Frühling kam, wurde der Azarías von Wahnvorstellungen heimgesucht, und zu jeder Stunde erschien ihm sein Bruder, der Ireneo, nachts in Schwarzweiß, wie in einem Skapulier eingerahmt, und tagsüber, wenn er sich ins Turmkraut legte, erschien er ihm vielfarbig, groß und allmächtig vor dem blauen Himmelsgrund, so wie er einmal Gottvater auf einem Stahlstich gesehen hatte, und in solchen Fällen stand der Azarías auf und ging zur Régula,

heute ist der Ireneo zurückgekehrt, Régula,

sagte er,

und sie,

ach, schon wieder, laß doch den armen Ireneo in Frieden,

und der Azarías,

im Himmel ist er,

und sie,

er hat ja auch niemand etwas zuleide getan, oder?,

doch die Geschichten des Azarías wurden bald über den Umkreis des Gutshofs hinaus bekannt, und die Schweinehirten und die Schafhirten und die Tagelöhner begegneten ihm wie zufällig und fragten,

was war denn mit dem Ireneo, Azarías?,

und der Azarías hob die Schultern,

er ist gestorben, Franco hat ihn in den Himmel geschickt,

und sie, als sei es das erste Mal, daß sie ihn fragten,

und wann war das, Azarías, wann ist das gewesen?,

und der Azarías bewegte wiederholt die Lippen, bevor er antwortete,

das ist lange her, zur Zeit der Mauren,

und sie stießen einander mit den Ellbogen an und unterdrückten ein Lachen und fragten ihn wieder,

bist du sicher, daß Franco ihn in den Himmel geschickt hat, hat er ihn nicht vielleicht in die Hölle geschickt?,

und der Azarías verneinte entschieden mit dem Kopf, lächelte, sabberte und deutete nach oben, ins Blau,

ich sehe ihn jedesmal dort oben, wenn ich mich ins Turmkraut lege,

erläuterte er,

aber das Schlimmste für Paco, den Kurzen, war die Ungeniertheit des Azarías, denn zu jeder beliebigen Stunde des Tages oder der Nacht verließ sein Schwager das Haus, suchte sich einen Winkel, dicht an der Lehmmauer oder bei den Blumenbeeten oder in der Gartenlaube oder unter dem Weidenbaum, ließ die Hosen herunter und hockte sich hin und machte sein Geschäft, so daß Paco, der Kurze, jeden Morgen vor dem Ausritt wie ein Totengräber in den Hof hinauslaufen mußte, die Schaufel geschultert, bemüht, seine Spuren zu verwischen, um dann zur Régula zurückzukehren und sich bei ihr zu beschweren,

dieser Mensch muß Durchfall haben, anders ist das nicht zu erklären,

und jeden Montag und jeden Dienstag war auf dem Gutshof eine neue öffentliche Bedürfnisanstalt zu sehen, und Paco, der Kurze, ebnete eins zwei drei alles mit der Hacke ein, doch trotz seiner Anstrengungen drang ihm jedesmal, wenn er das Haus verließ und die Nasenflügel blähte – in denen nach Aussage des Señorito Iván an den Tagen, an denen er gute Laune hatte, sein Hirn zu sehen war –, der Pestgestank in die Nase, und er verzweifelte schier,

schon wieder stinkt es, Régula, dein Bruder kennt keinen Anstand!,
und die Régula, untröstlich,

eh, was soll ich denn tun?, wir müssen unser Kreuz tragen,
aber in jenen Tagen begann dem Azarías die Jagd mit dem Waldkauz zu fehlen, und jedesmal, wenn er seinen Schwager irgendwo still und tatenlos überraschte, trat er auf ihn zu und sagte schmeichlerisch,

fahr mich doch zur Sierra, damit wir den Waldkauz jagen können, Paco,
und Paco, der Kurze, blieb stumm, als sei er nicht angesprochen, und der Azarías,

fahr mich doch zur Sierra, damit wir den Waldkauz jagen können, Paco,
und Paco, der Kurze, blieb stumm, als sei er nicht angesprochen, bis ihm eines Nachmittags, ohne daß er wußte wie noch warum, der Einfall kam, der sich in seinem kleinen Gehirn wie ein Lichtstrahl einen Weg bahnte, und nun wandte er sich beschwichtigend an seinen Schwager,

und wenn ich dich in die Sierra fahre, zur Jagd auf den Waldkauz, wirst du es dann oben im

Wald machen?, wirst du dann nicht mehr das Gutsgelände beschmutzen?,
und der Azarías,
wenn du meinst,
und von diesem Tag an setzte Paco, der Kurze, den Azarías jeden Abend auf die Kruppe seiner Stute und nahm ihn auf einen Erkundungsritt mit, und dann, am späten Abend, saßen sie am Hang der Sierra ab, und während Paco, der Kurze, es sich in einem Felswinkel bequem machte, um aufzupassen, am Fuß der gestutzten Korkeiche, verlor sich der Azarías im Dickicht zwischen den Zistrosen und dem Turmkraut, gebückt, lauernd wie eine Raubkatze und sich zwischen Dornengestrüpp hindurchwindend, und nach einer langen Pause hörte Paco, der Kurze, seinen Ruf,
he, he!,
und dann Stille, und endlich wieder Azarías' leicht näselnde Stimme,
he, he!,
und nachdem er ihn drei- oder viermal vergeblich gelockt hatte, antwortete der Waldkauz,
buhu, buhu!,
und dann rannte der Azarías schnaubend los, wie ein Büßer bei einer Karfreitagsprozession, und der Waldkauz heulte hinter ihm her, und dann und wann brach er in sein unheimliches Lachen aus, und Paco, der Kurze, hörte im Felsennest der Korkeiche das Knacken im Gestrüpp und kurz darauf das Geheul des Waldkauzes und danach

sein schaudererregendes Gelächter und dann nichts mehr, und nach Verlauf einer Viertelstunde tauchte der Azarías auf, Gesicht und Hände voller Kratzer, mit seinem sabbernden Lächeln, glücklich,

ganz schön hab' ich ihn gehetzt, Paco,

und Paco, der Kurze, seinerseits,

hast du dein Geschäft gemacht?,

und der Azarías,

noch nicht, Paco, hab' noch keine Zeit gehabt,

und Paco, der Kurze,

dann aber los, mach schon,

und der Azarías, immer noch lächelnd und seine aufgeritzten Hände leckend, entfernte sich ein paar Meter, kauerte sich neben einem Wolfsmilchbusch nieder und entleerte sich, und so einen Tag nach dem anderen, bis eines Nachmittags gegen Ende Mai sich der Rogelio mit einer nackten jungen Dohle in den Händen einfand,

Onkel, schauen Sie, was ich Ihnen bringe!,

und alle traten aus dem Haus, und als der Azarías den hilflosen Vogel sah, bekam er feuchte Augen, und er nahm ihn behutsam in seine Hände und murmelte,

schöner Milan, schöner Milan,

und ihn unablässig liebkosend, betrat er das Haus, legte ihn in einen Korb und zog aus auf die Suche nach Zeug, um ihm ein Nest zu bauen, und spät abends bat er den Quirce um einen

Sack Futter, und dieses verrührte er in einer rostigen Blechbüchse mit Wasser und hielt ein Klümpchen dem Vogel hin und sagte, die Stimme samtweich,

kwia, kwia, kwia,

und die Dohle zitterte auf ihrer Spreu,

kwia, kwia, kwia,

und jedesmal, wenn die Dohle den Schnabel öffnete, schob der Azarías mit seinem schmutzigen Mittelfinger ein Klümpchen zubereiteten Futters in ihren riesigen Schlund, und der Vogel verschluckte es, und darauf ein neues Kügelchen und noch ein Kügelchen, bis der Vogel satt war, still wurde und genug hatte, doch nach einer halben Stunde, nachdem das vorübergehende Völlegefühl abgeklungen war, wollte er mehr haben, und der Azarías wiederholte den Vorgang, während er zärtlich murmelte,

schöner Milan,

ein kaum verständliches Gemurmel, aber die Régula sah ihm dabei zu und sagte vertraulich zum Rogelio,

eh, das hat sich gelohnt, hast eine gute Idee gehabt,

und der Azarías vergaß seinen Vogel nicht, weder tagsüber noch nachts, und als ihm die ersten Federkiele sprossen, lief er glücklich durch das Hofgelände von Tür zu Tür, ein einfältiges Lächeln schwebte auf seinen Lippen, die gelblichen Pupillen geweitet,

der Milan bekommt schon Federn,

sagte er wieder und wieder,
und alle beglückwünschten ihn oder fragten nach dem Ireneo, nur nicht der Quirce, sein Neffe, der seinen Scheelblick auf ihn richtete und sagte,

und wozu wollen Sie so ein Viech im Haus, Onkel?,
und der Azarías wandte ihm fassungslos seine erstaunten Augen zu,

das ist kein Viech, das ist der Milan,
aber der Quirce schüttelte hartnäckig den Kopf und spuckte aus,

so eine Scheiße!, das ist ein schwarzer Vogel, und ein schwarzer Vogel, der kann nichts Gutes ins Haus bringen,
und der Azarías blickte ihn einen Augenblick völlig entgeistert an und heftete schließlich seinen zärtlichen Blick auf den Kasten und vergaß den Quirce,

morgen hol' ich ihm einen Regenwurm,
sagte er,
und am nächsten Morgen begann er eifrig im mittleren Blumenbeet zu graben, bis er einen Regenwurm fand, er packte ihn mit zwei Fingern und gab ihn der Dohle, und die Dohle verschlang ihn mit solchem Genuß, daß der Azarías vor Zufriedenheit sabberte,

hast du gesehen, Charito?, sie ist schon ein kleines Mädchen, morgen hol' ich ihr einen neuen Regenwurm,
sagte er zu der kleinen Chica,

und nach und nach wurde die Dohle in ihrem Nest kräftiger und bekam mehr Federn, so daß immer, wenn jetzt Paco, der Kurze, den Azarías holte, um den Waldkauz zu jagen, dieser vor Ungeduld schier verging,

beeil dich, Paco, der Milan wartet auf mich,

und Paco, der Kurze,

hast du dein Geschäft gemacht?,

und der Azarías,

der Milan wartet doch auf mich, Paco,

und Paco, der Kurze, unerschütterlich,

wenn du dein Geschäft nicht machst, bleibst du hier, bis morgen früh, und dein Milan stirbt vor Hunger,

und der Azarías ließ die Hosen runter,

das darfst du nicht machen,

brummte er, während er sich neben eine Steineiche hockte und sich entleerte, doch noch bevor er fertig war, stand er schon wieder da,

los, Paco, mach schon,

zog hastig die Hosen hoch,

der Milan wartet auf mich,

und er verzog die Lippen zu einem feuchten, irren Lächeln und kaute genüßlich Speichelschleim, und dieser Vorgang wiederholte sich jeden Tag, bis eines Morgens, drei Wochen später, während er mit der Dohle auf dem Unterarm durch das Hofgelände wanderte, diese furchtsam mit den Flügeln zu flattern begann und aufbrach zu einem kurzen Flug, scheu und unbeholfen, bis sie die Krone des Weidenbaums erreichte, auf der sie sich niederließ, und als er sie so sah, zum erstenmal außer Reichweite, stöhnte der Azarías,

der Milan ist mir entwischt, Régula,

und schon kam die Régula gelaufen,

eh, laß ihn doch fliegen, Gott hat ihm Flügel zum Fliegen gegeben, verstehst du das nicht?,

aber der Azarías,

ich will nicht, daß der Milan mir entwischt, Régula,

und sehnsüchtig, ängstlich, blickte er zur Krone des Weidenbaums hinauf, und die Dohle wandte ihre wäßrigen Augen hin und her und entdeckte neue Ausblicke, und dann ließ sie den Kopf kreisen, pickte sich am Rücken und lauste sich, und der Azarías legte alle Hingabe, alle Liebe, deren er fähig war, in die Worte,

schöner Milan, schöner Milan,

er sagte es inbrünstig,

aber der Vogel rührte sich nicht, und sobald die Régula die Leiter an den Baum lehnte in der Absicht, ihn zu fangen, und die ersten Sprossen erklomm, spannte die Dohle ihre Flügel aus, bewegte sie ein Weilchen im Leeren, ließ schließlich den Ast los und landete nach schwerfällig-unentschlossenem Flug auf dem Dach der Kapelle und setzte sich dann auf die Wetterfahne des Turms, hoch oben, und der Azarías blickte mit tränenblinden Augen zu dem Vogel auf, als wolle er ihm sein Gebaren vorhalten,

es hat ihr bei mir nicht gefallen,

sagte er,
und mittlerweile tauchte der Críspulo auf, und gleich darauf der Rogelio und die Pepa und der Facundo und der Crespo und die ganze Schar, die Augen zur Wetterfahne des Kapellenturms emporgerichtet, und die Dohle oben schwankte unentschlossen, und der Rogelio lachte,

züchte Raben, Onkel!, und sie werden dir die Augen aushacken,

und der Facundo,

schau, manch einem schmeckt die Freiheit,

und die Régula wiederholte hartnäckig,

ach, Gott hat den Vögeln Flügel zum Fliegen geschenkt,

und dem Azarías rannen die Kullertränen über die Backen, und er versuchte sie mit ungeschickten Handbewegungen wegzuwischen und leierte wieder seine Litanei,

schöner Milan, schöner Milan,

und während er sprach, entfernte er sich von der Gruppe, die sich im warmen Schatten des Weidenbaums drängte, und ging, die Augen auf die Wetterfahne gerichtet, bis zur Mitte des weiten Hofs, und dort blieb er stehen, winzig und allein, unter der unbarmherzigen Julisonne, sein Schatten wie eine schwarze Kugel ihm zu Füßen, und er verzog das Gesicht und gebärdete sich aufgeregt, bis er mit einemmal den Kopf erhob und mit samtweicher Stimme rief,

kwia!,

und droben auf der Wetterfahne flatterte die

Dohle schneller mit den Flügeln, spähte in den Hof hinunter, wurde unruhig und aufgeregt, saß wieder still, und der Azarías, der sie beobachtete, wiederholte,

kwia!,

und die Dohle reckte den Hals und blickte zu ihm hinunter, zog ihn wieder ein und reckte ihn von neuem, und in diesem Augenblick wiederholte der Azarías mit Inbrunst,

kwia!,

und da geschah das Unerwartete, als sei von dem Azarías auf die Dohle ein Funke übergesprungen, richtete der Vogel sich auf dem Pfeil der Wetterfahne auf und begann freudig zu krächzen,

kwia, kwia, kwia!,

und im Schatten des Weidenbaums trat erwartungsvolles Schweigen ein, und unversehens schwang der Vogel sich in die Lüfte, stieß herab und beschrieb vor den verblüfften Augen der Gruppe drei weite Kreise über dem Hofgelände, glitt dicht vorbei an den Umfassungsmauern und ließ sich schließlich auf der rechten Schulter des Azarías nieder und begann beharrlich an seinem weißen Kopf herumzupicken, als wolle er ihn lausen, und der Azarías lächelte, ohne sich zu rühren, wandte ihm sanft den Kopf zu und murmelte bittend,

schöner Milan, schöner Milan.

VIERTES BUCH

Der Jagdgehilfe

Mitte Juni trieb der Quirce die Merinoschafe jeden Nachmittag hinaus, und wenn die Sonne unterging, hörte man ihn von der Sierra her zart auf der Mundharmonika spielen, während sein Bruder Rogelio nicht eine Minute stillstand, mit dem Jeep hinauf, mit dem Traktor hinunter, immer hin und her,

dieser Vergaser ist kaputt,

das Kupplungspedal klemmt,

und ähnliches mehr, und jedesmal, wenn der Señorito Iván den Gutshof besuchte, beobachtete er verstohlen die beiden, den Quirce und den Rogelio, rief den Crespo beiseite und sagte vertraulich,

Crespo, laß die beiden Jungen nicht aus den Augen, Paco, der Kurze, wird langsam alt, und ich kann nicht ohne Gehilfen auskommen,

aber weder der Quirce noch der Rogelio besaßen den wundersamen Geruchssinn ihres Vaters, denn ihr Vater, der Paco, war ein bemerkenswerter Fall, mein Gott!, seit seiner frühesten Kindheit, und das ist nicht bloß so ein Gerede, wenn sie ein flügellahmes Rebhuhn oben im Wald freiließen, verfolgte er, ohne zu zögern, auf allen Vieren die Spur mit seiner an den Erdboden gehefteten platten Nase wie ein Brackhund, und mit der Zeit konnte er die alten Fährten von den neuen unterscheiden, die Spur des Männchens von der des Weibchens, so daß der Señorito Iván verwundert dreinblickte, die grünen Augen halb schloß und ihn fragte,

aber wonach zum Teufel riecht die Jagdpirsch, Paco, du Schlappschwanz?,

und Paco, der Kurze,

riechen Sie sie wirklich nicht, Señorito?,

und der Señorito Iván,

wenn ich sie riechen würde, würde ich nicht fragen,

und Paco, der Kurze,

sagen Sie doch nicht so was, Señorito Iván!,

und als der Señorito Iván noch ein Ivancito war, denn damals nannte Paco den Señorito Iván Ivancito, immer dasselbe Lied,

wonach riecht die Jagdpirsch, Paco?,

und Paco, der Kurze, eifrig,

stimmt es wirklich, daß du das nicht riechst, Bürschchen?,

und der Ivancito,

überhaupt nichts, ich schwör dir's bei meinen Toten, für mich riecht die Pirsch nach nichts,

und Paco,

das wirst du schon noch lernen, Bürschchen, du wirst schon sehen, wenn du älter bist,

denn Paco, der Kurze, schätzte seine Fähigkeiten nicht richtig ein, bis er feststellte, daß die anderen nicht fertigbrachten, was er selber konnte, und daher seine Unterhaltungen mit Ivancito, denn der Kleine hatte schon als Knirps mit der Jagd begonnen, eine frühe Alberei, im Juli Spießflughühner im Sumpf oder in Saulachen, im August Wachteln im Stoppelfeld, im September Turteltauben auf dem Rückzug durch die Schneisen der Steineichenwälder, im Oktober Rebhühner auf dem Ackerland und im Buschland, im Februar Tauben im Lucio del Teatino, und zwischendrin die große Jagd auf Gemsen und Hirsche, immer das Gewehr oder die Flinte in der Hand, immer, bumbum, bumbum, bumbum,

ein Tick ist das von diesem Kerlchen,

sagte die Señora,

und von morgens bis abends, Winter wie Sommer, Pirsch, Suche oder Treibjagd, bumbum, bumbum, bumbum, der Ivancito mit dem Gewehr oder der Flinte, im Wald oben oder in den Regenlachen, und im Jahr dreiundvierzig, bei der Eröffnungstreibjagd am Tag der Hispanität, kam der Ivancito mit seinen knapp dreizehn Jahren zum allgemeinen Staunen unter die ersten drei mit acht Vögeln des Grafen von Teba, etwas nie Dagewesenes, da gab es Augenblicke, wo er vier Vögel auf einen Sitz in der Luft erlegte, etwas Unglaubliches, das mußte man gesehen haben, ein Schnullerbübchen, das es mit den besten Schützen aus Madrid aufnahm, und seit diesem Tag gewöhnte sich der Ivancito an die Gesellschaft von Paco, dem Kurzen, und zog aus dessen Spürnase und Jagdleidenschaft Nutzen und beschloß, ihm den nötigen Schliff beizubringen, denn Paco, der Kurze, war langsam beim Laden, und so gab der Ivancito ihm eines Tages zwei Patronen und eine alte Flinte und sagte,

jeden Abend vor dem Schlafengehen legst du die Patronen in den Lauf, ziehst sie wieder raus, und das hundertmal, Paco, bis du müde bist,
und fügte nach einer Pause hinzu,

wenn du es fertigbringst, der schnellste von allen zu sein, und mit der Witterung, die Gott dir geschenkt hat, und deinem Gedächtnis, wird es niemand auf der Welt geben, der dir als Gehilfen den Rang abläuft, das sage ich dir,
und Paco, der Kurze, von Natur diensteifrig, lud und entlud jeden Abend vor dem Schlafengehen die Jagdflinte, ritsch, ratsch, legte die Patronen in den Doppellauf und nahm sie wieder heraus, so daß die Régula sagte,

eh, bist du verrückt, Paco?,
und Paco, der Kurze,

der Ivancito sagt, ich kann der Beste werden,
und nach Ablauf eines Monats,

Ivancito, Bürschchen, ich lade und entlade dir im Handumdrehen deine Jagdflinte,
und der Ivancito,

will ich mal sehen, Paco, sei kein Angeber,
und Paco stellte seine Geschicklichkeit vor dem jungen Mann unter Beweis, und,

geht ja schon ganz gut, Paco, mach so weiter, hör bloß nicht auf,
sagte der Ivancito nach der Vorführung, und sol-

cherart, Ivancito hier, Ivancito dort, nahm Paco gar nicht wahr, daß die Zeit verging, bis eines Morgens auf dem Anstand das geschah, was geschehen mußte, das heißt, Paco, der Kurze, sagte zu ihm in der besten Absicht von der Welt,

Ivancito, Achtung, der Schwarm dort rechter Hand,

und der Ivancito rüstete sich stillschweigend, legte an und holte im Handumdrehen zwei Rebhühner von der Spitze und zwei Rebhühner vom Ende herunter, und noch lag das erste nicht am Boden, als er die Augen schon dem Paco zuwandte und mit anmaßender Gebärde zu ihm sagte,

ab heute, Paco, sagst du zu mir »Sie« und Señorito Iván, ich bin kein kleiner Junge mehr,

denn mittlerweile war der Ivancito bereits sechzehn Jahre alt, und Paco, der Kurze, bat ihn um Verzeihung, und daraufhin hieß es Señorito Iván hier, Señorito Iván dort, denn genau betrachtet war er bereits ein ausgewachsener junger Mann, und es war nur natürlich so, aber mit der Zeit nahm die Jagdlust beim Señorito Iván noch zu, und es sprach sich herum, daß er bei jeder Treibjagd nicht nur die meisten Tiere schoß, sondern auch das am weitesten entfernte und das kräftigste Rebhuhn herunterholte, das, welches am höchsten flog, denn auf diesem Gebiet ließ er keine Nebenbuhler zu, und immer rief er den Paco als Zeugen an,

das da oben, sagte der Minister, Paco, hör mal, auf welche Entfernung ungefähr habe ich

den Vogel bei der ersten Treibjagd geschossen, den im Felsennest, der in die Wolken hochstieß, der über dem Schildkrötensumpf einen Purzelbaum schlug, weißt du noch?,
und Paco, der Kurze, riß die Augen weit auf, hob prahlerisch das Kinn und verkündete,

ich will Sie nicht belehren, dieser Rebhuhnvogel, der flog nicht weniger als neunzig Meter hoch,
oder, wenn es sich um kräftige Rebhühner handelte, das gleiche Lied,

laß mich nicht als Angeber dastehen, Paco, sag, wie war das Rebhuhn, das in der Talsohle, das mich überraschte, als ich gerade einen Schluck aus der Weinflasche trank ...?,
und Paco legte den Kopf leicht zur Seite, den Zeigefinger auf der Backe, ganz nachdenklich,

ja, Mann,
der Señorito Iván ließ nicht locker,

das, das der Wind herblies, das vom Erdbeerbaum, Mann, von dem du gesagt hast, von dem du gesagt hast ...,
und Paco verdrehte plötzlich die Augen, schürzte die Lippen, als wolle er pfeifen, er pfiff aber nicht, und,

noch dicker als ein Flugzeug,
schloß er,
und obwohl der Señorito Iván strenggenommen nicht wissen konnte, aus welcher Entfernung ein anderer Jäger sein Rebhuhn geschossen hatte, und nicht, wie dick das war, welches wieder ein

anderer geschossen hatte, so waren die seinen doch unweigerlich die entfernteren und kräftigeren, und um das zu beweisen, rief er Paco, den Kurzen, zum Zeugen an, und darauf war Paco, der Kurze, stolz, er rühmte sich seiner Urteilskraft und prahlte zugleich damit, daß das, worum den Señorito Iván die Freunde des Señorito Iván am meisten beneideten, seine Fähigkeiten und Begabungen auf der Suche nach dem geschossenen Wild waren,

nicht der beste Spürhund könnte die Arbeit dieses Mannes leisten, Iván, paß auf, was ich dir sage, du weißt nicht, was du an ihm hast,

sagten sie zu ihm,

und häufig überredeten die Freunde des Señorito Iván Paco, den Kurzen, irgendeinen flügellahmen Rebhuhnvogel aufzuspüren, und in solchen Fällen verzichteten sie auf das übliche Jägerlatein und die Streitereien mit benachbarten Gehilfen und liefen ihm hinterher, um zuzusehen, wie er sich anstellte, und wenn Paco sich dann von der Blüte der Jagdschützen umringt sah, sagte er, stolz auf seine Rolle,

wo hat er ihn getroffen, wollen doch mal sehen!,

und sie, der Unterstaatssekretär oder der Botschafter oder der Minister,

hier sind die Federn, Paco,

und Paco, der Kurze,

welche Richtung hat er eingeschlagen, wollen doch mal sehen!,

und der andere, wer es auch sein mochte,
ins Zistrosenfeld, Paco, da ungefähr, auf dem Treidelweg, Richtung Zistrosenfeld,
und Paco,
kam er allein, paarweise oder im Flug, wollen mal sehen!,
und der andere, wer es auch sein mochte,
zwei liefen rein, Paco, jetzt wo du es sagst, ein Paar,
und der Señorito Iván blickte seine Gäste spöttisch an und deutete mit dem Kinn auf Paco, den Kurzen, als wollte er sagen, was habe ich euch gesagt?, und unverzüglich hockte sich Paco, der Kurze, nieder, beschnupperte eingehend das Gelände, zwei Meter im Umkreis der Stelle, wo er getroffen wurde, und murmelte,
hier ungefähr ist er losgerannt,
und mehrere Meter weit verfolgte er die Spur und richtete sich schließlich auf,
in diese Richtung ist er gelaufen, folglich wird er jetzt auf der Zwergsteineiche da sitzen, und wenn nicht, benommen im Unterholz, neben der Korkeiche, weiter kann er nicht gelaufen sein,
und dorthin zog die Gruppe hinter Paco her, und wenn der Vogel nicht auf der Steineiche hockte, dann saß er benommen im Unterholz, neben der Korkeiche, anders konnte es nicht sein, und der Unterstaatssekretär oder der Botschafter oder der Minister, wer auch immer, sagte höchst verwundert,

und laut welchem Dreisatz konnte er nur dort sein, Paco, willst du mir das erklären?,
und Paco, der Kurze, musterte sie etliche Sekunden anmaßend, und schließlich sagte er mit kaum verhohlener Verachtung,

der Rebhuhnvogel bleibt immer auf derselben Spur, wenn er fortrennt, um sich zu verstecken,
und sie sahen einander an und nickten, und der Señorito Iván, die Daumen in den Aufschlägen seiner Patronengurtweste, lächelte freimütig,

he, was hab' ich euch gesagt?,
hochbefriedigt, genau wie wenn er das amerikanische Repetiergewehr oder die Guita, sein Pinscherweibchen, vorzeigte, und zurück auf den Anstand, wieder allein mit Paco, warf er hin,

hast du gesehen?, der Schlappschwanz von Franzose kann einen Häher nicht von einem Rebhuhn unterscheiden,
oder,

der Schlappschwanz von Botschafter hat kein Fingerspitzengefühl, machst du dir das klar?, schwerer Fehler bei einem Diplomaten,
denn für den Señorito Iván war zwangsläufig jeder, der eine Flinte in die Hand nahm, ein Schlappschwanz, dieses Wort führte er dauernd im Munde, eine wahre Manie, und gelegentlich, in der Hitze der Treibjagd, wenn die Stimmen der Treiber in der Entfernung verhallten und die Jagdhörner von ganz weit weg ertönten und die Vögel in die Enge trieben, wenn die Rebhühner verschreckt in alle Richtungen stoben, brrrr,

brrrr, brrrr, und der Flug blitzschnell in die Schußlinie einfiel und der Señorito Iván mit einem gut gezielten Doppelschuß hier zwei gleichzeitig niederstreckte und dort zwei andere, die reinste Karambole, und links und rechts Schüsse knallten und es zuging wie im Krieg und wenn Paco, der Kurze, insgeheim zweiunddreißig, vierunddreißig, fünfunddreißig zählte und die leergeschossene Flinte gegen eine geladene Zwillingsflinte tauschte, bis zu fünf, denn die Läufe glühten, und er sich die Stellen merkte, wo jedes einzelne Stück heruntergefallen war, schön, in solchen Fällen wurde Paco, der Kurze, heiß wie ein Hühnerhund, konnte er doch keine Sekunde stillstehen, das ging über seine Kräfte, niedergebückt näherte er sich dem Rand des Jagdschirms und sagte durch die Zähne, um nicht das Feld zu erschrecken,

lassen Sie mich gehn, Señorito Iván, lassen Sie mich gehn!,

und der Señorito Iván, trocken,

sei still, Paco!,

und er, Paco, der Kurze,

lassen Sie mich gehn, ich bitte Sie um Ihrer Toten willen, Señorito!,

immer aufgeregter, und der Señorito Iván, ohne im Schießen innezuhalten,

schau, Paco, mach mich nicht wütend, warte doch, bis die Treibjagd zu Ende ist,

aber Paco, der Kurze, der die toten Rebhühner vor seiner plattgedrückten Nase zu Boden stürzen sah, geriet aus der Fassung,

lassen Sie mich gehn, Señorito, um des lieben Herrgotts willen bitte ich Sie!,

bis der Señorito Iván die Nerven verlor, ihm einen Fußtritt in den Hintern versetzte und sagte,

wenn du den Anstand vor der Zeit verläßt, jage ich dir eine Kugel in den Kopf, du weißt, wie locker sie mir sitzen,

aber seine Wut verrauchte rasch und war eher künstlich, denn wenn ein paar Minuten später Paco, der Kurze, begann, ihm die Jagdbeute herbeizuschleppen und mit vierundsechzig von den fünfundsechzig erlegten Vögeln vor ihn trat und nervös sagte,

der fehlende Rebhuhnvogel, Señorito Iván, der, den Sie am Ginsterfeldrand heruntergeholt haben, den hat mir Facundo gestohlen, er hat gesagt, der gehört seinem Señorito,

dann richtete sich der Zorn des Señorito Iván gegen Facundo,

Facundo!,

brüllte er mit donnernder Stimme,

und Facundo lief herbei,

he, du, schnell, laß uns das Fest in Frieden feiern!, der Rebhuhnvogel, der vom Ginsterfeld, gehört mir und mir ganz allein, drum rück ihn raus,

er streckte ihm die flache Hand entgegen, doch der Facundo zuckte mit den Achseln und setzte einen leeren, ausdruckslosen Blick auf,

den hier hat mein Señorito am Rand des Gin-

sterfelds heruntergeholt, das ist nicht recht,
aber der Señorito Iván streckte seine Hand noch weiter aus, ihm juckte es schon in den Fingerspitzen,

schau, bring mich nicht zur Weißglut, Facundo, bring mich bloß nicht zur Weißglut, du weißt, es gibt nichts Beschisseneres, als mir die Vögel, die ich schieße, wegzuschnappen, drum rück dieses Rebhuhn raus,
und als es schon so weit gekommen war, lieferte Facundo ihm das Rebhuhn aus, ohne zu mucksen, immer dieselbe Geschichte, bis René, der Franzose, ein begeisterter Liebhaber von Treibjagden, bis passierte, was passierte, zum erstenmal befremdet dreinblickte,

wie sein möglich, fünfundsechzig Rebhühner schießen, Iván, und einsammeln fünfundsechzig Rebhühner, Paco, ich nicht verstehen,
sagte er immer wieder,
und Paco, der Kurze, lächelte den Schlauberger zufrieden an und tippte sich an den Kopf,

ich merk' sie mir hier drinnen,
sagte er,
und der Franzose riß die Augen weit auf und rief,

ah, ah, er merkt sie sich in der Titte!,
und Paco, der Kurze, wieder auf dem Anstand, neben dem Señorito Iván,

die Titte, hat er gesagt, Señorito Iván, ich schwöre Ihnen bei meinen Toten, das muß was aus seiner Muttersprache sein,

und der Señorito Iván,

sieh mal an, ausnahmsweise hast du's getroffen,

und von jenem Tag an, halb im Spaß, halb im Ernst, sagten der Señorito Iván und seine Gäste jedesmal, wenn sie ohne Damen zusammenkamen, sei es bei den Verlosungen der Anstände, sei es um die Mittagszeit beim Billard im Wintergarten, sagten sie Titte statt Kopf,

diese Patrone ist sehr stark, ich habe Tittenschmerzen davon bekommen,

oder,

der Unterstaatssekretär ist arg stur, wenn der sich mal was in die Titte setzt, kann kein Mensch ihn wieder davon abbringen,

und das sagten sie unweigerlich an die achtzig Mal, und alle lachten, aber sie lachten so ausgelassen und hemmungslos, daß sie halb krank wurden vor Lachen, und so lange, bis sie wieder auf die Jagd auszogen, und nach Beendigung der fünften Stöberjagd, schon im Zwielicht, schob der Señorito Iván zwei Finger in die obere Tasche seiner Patronenweste und überreichte dem Paco feierlich eine Banknote von zwanzig Duros,

nimm, Paco, aber nicht über die Stränge schlagen, kapiert, du kommst mir schon teuer genug zu stehen, und das Leben ist hart,

und Paco, der Kurze, steckte den Schein verstohlen in die Tasche,

also dann recht herzlichen Dank, Señorito Iván,

und am darauffolgenden Morgen fuhr die Régula mit Rogelio auf dem Laster nach Cordovilla zum Hachemita, um ein Stück Perkal oder Strohschuhe für die Jungen zu erstehen, denn immer fehlte es im Haus an irgend etwas, und so war es jedesmal, wenn eine Treibjagd stattfand oder ein Taubenschießen, und alles ging gut, bis dann beim letztenmal, als der Franzose teilnahm, während des Mittagessens im Herrenhaus nach Aussagen von Nieves ein Streit ausbrach über das Thema Kultur, von der Señorito René behauptete, in Mitteleuropa habe sie ein höheres Niveau, eine Ungehörigkeit, auf die der Señorito Iván antwortete,

das glaubst du, René, aber hier gibt es keine Analphabeten mehr, du meinst wohl, wir lebten noch im Jahre sechsunddreißig,

und ein Wort gab das andere, und dann schrie einer den anderen an, bis sie ihre gute Erziehung vergaßen und es an gegenseitiger Achtung fehlen ließen und der Señorito Iván, höchst empört, als letzten Ausweg Paco, den Kurzen, rufen ließ, die Régula und den Ceferino, und erregt rief,

darüber brauchen wir gar nicht zu streiten, René, wirst es mit eigenen Augen sehen,

und als Paco sich mit den übrigen einstellte, nahm der Señorito Iván den lehrerhaften Tonfall des jungen Herrn Lucas an, um zu dem Franzosen zu sagen,

schau, René, ehrlich gesagt waren diese Leute lange Zeit Analphabeten, aber jetzt sollst du was

erleben, du, Paco, nimm den Kugelschreiber und schreib deinen Namen, tu mir den Gefallen, aber sauber und deutlich, gib dir Mühe,
und auf seine Lippen trat ein gespanntes Lächeln,

denn schließlich steht nichts Geringeres auf dem Spiel als die nationale Würde,
und die ganze Tischgesellschaft heftete die Augen auf Paco, den Kurzen, und Don Pedro, der Verwalter, biß sich in die Backe und legte die Hand auf Renés Unterarm,

ob du's glaubst oder nicht, René, seit Jahren wird in diesem Land alles Menschenmögliche unternommen, um diesen Leuten zu helfen,
und der Señorito Iván,

still, bring ihn jetzt nicht aus dem Konzept,
und Paco, der Kurze, vom erwartungsvollen Stillschweigen genötigt, nahm seine fünf Sinne zusammen und blähte die Flügel seiner plattgedrückten Nase und kritzelte ein Geschnörkel auf die Rückseite der gelben Faktur, die der Señorito Iván vor ihn auf das Tischtuch gelegt hatte, eine zittrige unleserliche Unterschrift, und als er fertig war, richtete er sich auf und gab dem Señorito Iván den Kugelschreiber zurück, und der Señorito Iván reichte ihn dem Ceferino,

jetzt du, Ceferino,
befahl er,
und nun beugte sich der Ceferino höchst erschrocken über das Tischtuch und setzte seine

Unterschrift auf das Papier, und zuletzt wandte der Señorito Iván sich an die Régula,

jetzt bist du an der Reihe, Régula,

und wieder dem Franzosen zugewandt,

hier machen wir keinen Unterschied, René, hier werden Frauen nicht schlechter behandelt als Männer, wie du feststellen kannst,

und mit zögernder Hand, weil der Kugelschreiber an ihrem abgeplatteten flachen Daumen ohne Fingerabdrücke abrutschte, malte die Régula mühsam ihren Namen hin, doch der Señorito Iván, der sich mit dem Franzosen unterhielt, merkte nicht, wie schwer sich die Régula tat, und sobald sie ihre Aufgabe beendet hatte, ergriff er ihre rechte Hand und schwenkte sie wiederholt wie eine Fahne,

hier,

sagte er,

damit du das in Paris erzählen kannst, René, denn ihr Franzosen urteilt reichlich bösartig über uns, diese Frau nämlich, sofern du es wissen willst, unterschrieb bis vor wenigen Tagen noch mit ihrem Daumen, schau!,

und während er dies sagte, spreizte er den häßlichen, wie einen Spatel flachen Finger der Régula ab, und die Régula, völlig verwirrt, wurde ganz beschämt, als habe der Señorito Iván sie splitternackt auf dem Tisch vorgeführt, aber René achtete nicht auf die Worte des Señorito Iván, sondern blickte verblüfft auf den platten Finger der Régula, und als er seine Verwunderung bemerkte, erläuterte der Señorito Iván,

nun gut!, das ist eine andere Geschichte, die Daumen der Pfriemgrasflechterinnen sind so, René, Berufsschäden, die Finger verformen sich beim Flechten von Pfriemgras, verstehst du?, das ist unvermeidlich,

und er lächelte und räusperte sich, und um die gespannte Stimmung zu überspielen, blickte er den dreien ins Gesicht und sagte zu ihnen,

also dann los, ihr könnt gehen, habt eure Sache gut gemacht,

und während sie einer nach dem anderen zur Tür marschierten, brummte die Régula, aus der Fassung gebracht,

eh, was dem Señorito Iván immer so alles einfällt,

und alle am Tisch lachten nachsichtig, väterlich, außer René, dessen Miene sich verfinstert hatte, doch er beharrte nicht auf seinen Worten, sondern bewahrte ein eisiges, feindseliges Schweigen, in Wahrheit jedoch waren Zwistigkeiten solcher Art auf dem Gutshof selten, denn für gewöhnlich verlief das Leben friedfertig, und die einzige Abwechslung waren die regelmäßigen Besuche der Señora, welche die Régula zwangen, ein wachsames Auge zu haben, damit der Wagen nicht warten mußte, denn wenn sie die Herrschaften nur wenige Minuten warten ließ, knurrte der Maxi sofort los,

wo zum Teufel steckst du schon wieder?, wir warten hier schon eine halbe Stunde, ganz aufgebracht, so daß sie, auch wenn sie dabei überrascht wurde, wie sie die Windeln der kleinen Chica wechselte, auf das Signal der Hupe hin hastig herbeilief und den Riegel des Hoftors zurückschob, ohne sich vorher die Hände zu waschen, und in solchen Fällen rümpfte die Señora Marquesa die Nase, sobald sie aus dem Wagen stieg, da sie fast so geruchsempfindlich war wie Paco, der Kurze, und sagte,

diese Hühnerställe, Régula, gib acht, dieser Geruch ist höchst lästig,

oder etwas Ähnliches, doch immer in höflichem Tonfall, und sie, die Régula, versteckte beschämt die Hände unter ihrer Schürze, und,

ja, Señora, zu Diensten, dazu sind wir da,

und die Señora schritt langsam durch den kleinen Garten, durch die Winkel des Hofgeländes, mit prüfendem Blick, und nach beendetem Rundgang stieg sie zum Herrenhaus hinauf und ließ alle in den Spiegelsalon kommen, einen nach dem anderen, angefangen bei Don Pedro, dem Verwalter, bis hin zu Ceferino, dem Schweinehirten, alle, und einen jeden fragte sie nach seinen Obliegenheiten, nach der Familie und nach seinen Problemen, und beim Verabschieden lächelte sie ihnen mit gelblichem, entrücktem Lächeln zu und drückte jedem eine schimmernde Zehn-Duro-Münze in die Hand,

hier, damit ihr zu Hause meinen Besuch feiern könnt,

mit Ausnahme von Don Pedro, dem Verwalter,

natürlich, denn Don Pedro, der Verwalter, gehörte gewissermaßen zur Familie, und sie verließen den Salon glücklich und zufrieden,

die Señora ist gut zu den Armen,

sagten sie und betrachteten die Münze in ihren Händen,

und gegen Abend brachten sie alle ihre Laternen ins Hofgelände und brieten ein Zicklein und begossen es mit Wein und wurden immer ausgelassener und begeisterter und riefen,

hoch lebe die Señora Marquesa, sie lebe viele Jahre!,

und zwangsläufig waren sie zum Schluß alle ziemlich berauscht, aber hochzufrieden, und die Señora im erleuchteten Fenster ihrer Gemächer hob im Gegenlicht beide Arme, wünschte ihnen einen schönen Abend und eine gute Nacht, und so war es schon immer, doch bei ihrem letzten Besuch traf die Señora beim Aussteigen aus dem Auto in Begleitung der Señorita Miriam den Azarías vor dem Brunnen und runzelte die Brauen und warf den Kopf zurück,

dich kenne ich nicht, zu wem gehörst du?,

fragte sie,

und die Régula, die herzueilte,

das ist mein Bruder, Señora,

sichtlich eingeschüchtert,

und die Señora,

wo hast du den aufgetrieben?, er ist ja barfuß,

und die Régula,

er hat auf La Jara gewohnt, wissen Sie, mit einundsechzig haben sie ihn entlassen,
und die Señora,
alt genug ist er, um mit Arbeiten aufzuhören, wäre er in einem Wohlfahrtsheim nicht besser aufgehoben?,
und die Régula senkte demütig den Kopf, sagte aber entschlossen,
solange ich lebe, wird ein Sohn meiner Mutter nicht im Asyl sterben,
und nun warf Señorita Miriam ein,
schließlich, Mama, stellt er hier nichts Schlimmes an, auf dem Gutshof gibt es Platz für alle,
und der Azarías in seiner Hose mit den Flicken auf den Knien betrachtete aufmerksam die Fingernägel seiner rechten Hand, lächelte die Señorita Miriam an und zugleich das Nichts und kaute zweimal auf dem Zahnfleisch, bevor er sprach, und sagte,
ich dünge jeden Morgen die Geranien,
kaum verständlich und wie um sich zu rechtfertigen,
und die Señora,
das ist gut,
und der Azarías, der immer mehr an Statur gewann,
und wenn es Abend wird, gehe ich in die Sierra hinauf und renne dem Waldkauz nach, damit er sich nicht auf dem Gutshof herumtreibt,

und die Señora bemühte sich aufs äußerste um Konzentration, legte die hohe, heitere Stirn in Falten und neigte sich zur Régula hinab,

dem Waldkauz nachjagen?, kannst du mir sagen, wovon dein Bruder spricht?,

und die Régula, schüchtern,

ach, so ist er halt, der Azarías ist nicht böse, Señora, nur ein unschuldiger Narr,

aber der Azarías fuhr fort,

und jetzt ziehe ich einen Milan auf,

und lächelte sabbernd,

und die Señorita Miriam wieder,

ich glaube, daß er allerhand tut, Mama, findest du nicht auch?,

und die Señora ließ nicht die Augen von ihm, doch plötzlich ergriff der Azarías in einer Anwandlung von Sympathie die Hand der Señorita Miriam, zeigte mit einer Miene der Dankbarkeit sein Zahnfleisch und murmelte,

kommen Sie und sehen Sie sich den Milan an, Señorita,

und die Señorita Miriam, von der herkulischen Kraft des Mannes gezogen, folgte ihm stolpernd und senkte einen Augenblick den Kopf, um zu sagen,

ich schaue mir schnell den Milan an, Mama, warte nicht auf mich, ich komme gleich nach,

und der Azarías führte sie unter den Weidenbaum, und dort hielt er inne, lächelte, hob den Kopf und sagte mit fester, doch sanfter Stimme,

kwia!,

und unversehens löste sich vor dem verwunderten Blick der Señorita Miriam ein schwarzer Vogel aus den höchsten Zweigen und ließ sich weich auf die Schulter des Azarías nieder, der wieder ihre Hand ergriff, und,

schauen Sie,

sagte,

und er führte sie zur Fensterbank hinter dem Blumentopf und holte ein Klümpchen aus der Futterbüchse und bot es dem Vogel an, und der Vogel fraß die Klümpchen, eines nach dem anderen, und schien nie satt zu werden, und während er fraß, senkte der Azarías die Stimme, kraulte ihn zwischen den Augen und wiederholte,

schöner Milan, schöner Milan,

und der Vogel,

kwia, kwia, kwia!,

wollte noch mehr, und die Señorita Miriam, ängstlich geworden,

wie hungrig er ist!,

und der Azarías steckte ihm ein ums andere Mal einen Krumen in den Rachen und stopfte mit der Fingerkuppe nach, und als er ganz mit seinem Vogel befaßt war, hörte man den schaudererregenden Schrei der kleinen Chica drinnen im Haus, und die Señorita Miriam, bestürzt,

was ist denn das?,

fragte sie,

und der Azarías, nervös,

das ist die kleine Chica,

und er stellte die Blechbüchse auf die Steinbank

und holte sie wieder und stellte sie wieder hin und lief hin und her, unruhig, die kleine Dohle auf der Schulter, die Kinnlade auf und ab bewegend, brummelnd,

ich kann nicht alles auf einmal machen,

doch nach wenigen Sekunden vernahm man von neuem das Geheul der kleinen Chica, und die Señorita Miriam, entsetzt,

ist das wirklich ein kleines Mädchen, was da schreit?,

und er, der Azarías, immer unruhiger, während die Dohle rastlos umheräugte, wandte sich zu ihr, ergriff von neuem ihre Hand, und,

kommen Sie,

sagte er,

und gemeinsam betraten sie das Haus, und die Señorita Miriam ging mißtrauisch mit, wie von düsterer Vorahnung ergriffen, und als sie das Kind im Halbdunkel mit seinen Drahtbeinchen und dem dicken, in das Kissen gesunkenen Kopf entdeckte, fühlte sie sich einer Ohnmacht nahe, und sie hob beide Hände zum Mund,

mein Gott!,

rief sie,

und der Azarías blickte sie an und lächelte ihr mit seinem rosafarbenen Zahnfleisch zu, doch die Señorita Miriam konnte die Augen nicht von dem Kistchen abwenden, es schien, sie habe sich in eine Salzsäule verwandelt, die Señorita Miriam, so starr stand sie da, so weiß und so entsetzt,

mein Gott!,

wiederholte sie und bewegte dabei blitzschnell den Kopf von einer Seite zur anderen, wie um einen bösen Gedanken zu verscheuchen,
aber der Azarías hatte bereits das Geschöpf in beide Arme genommen und setzte sich, unverständliche Wörter murmelnd, auf den Hocker, bettete das Köpfchen der Kleinen in seine Achselhöhle, und mit der linken Hand die Dohle fassend und mit der rechten den Zeigefinger der kleinen Chica, näherte er diesen langsam der Stelle zwischen den Brauen des Vogels, und nachdem er ihn gekrault hatte, ließ er plötzlich den Finger los, lachte, drückte das Kind an sich und sagte weich, mit seiner stark näselnden Stimme,

ist er nicht schön, der Milan, Kleine?

Fünftes Buch

Der Unfall

Wenn die Wandertauben kamen, verbrachte der Señorito Iván zwei Wochen auf dem Landgut, und schon vor seiner Ankunft hielt Paco, der Kurze, die Tauber und das Zubehör bereit und hatte die Wippstange eingefettet, so daß sie gleich nach dem Eintreffen des Señorito Iván im Landrover von einem Ort zum anderen, von einem Fahrweg zum anderen fahren und die Lieblingsplätze der Schwärme aufsuchen konnten, wenn die Eicheln reif waren, doch im Verlauf der Jahre fiel es Paco, dem Kurzen, immer schwerer, die Steineichen zu erklimmen, und wenn der Señorito Iván sah, wie schwerfällig er sich an den Stämmen festklammerte, lachte er,

das Alter kennt kein Erbarmen, Paco, der Hintern wird dir schwer, das ist das Gesetz des Lebens,

aber aus Stolz und aus Sturheit kletterte Paco, der Kurze, auf die Korkeiche oder die Steineiche, half sich mit einem Strick, auch auf die Gefahr hin, sich die Hände wundzuscheuern, und band den Lockvogel an der sichtbarsten Stelle fest, möglichst in der Krone, und von oben herab richtete er auf den Señorito Iván hochmütig seine breiten Nasenflügel, als sähe er mit ihnen,

ich tauge noch immer zu etwas, Señorito, meinen Sie nicht?,
rief er überschwenglich,
und rittlings auf einem dicken Ast sitzend, zupfte er an dem an die Wippstange gebundenen Strick, damit der Tauber, wenn ihm die Stütze fehlte und er das Gleichgewicht verlor, flatterte, während der Señorito Iván, auf dem Anstand versteckt, aufmerksam den Himmel, das Hin und Her der Taubenschwärme musterte und ihn warnte,

zwei Dutzend Wildtauben, nicht so heftig, Paco,
oder,

ein Schwung Ringeltauben, halt still, Paco,
oder,

jetzt kommen die Krontauben, aufgepaßt, Paco,
und Paco, der Kurze, wurde ruhiger oder hielt still oder heftete den Blick auf die Krontauben, doch der Señorito Iván war selten einverstanden,

vorsichtiger, du Schlappschwanz, siehst du nicht, daß du mit dem Gerucke das ganze Feld verscheuchst?,
und Paco, der Kurze, bewegte sich vorsichtiger, behutsamer, bis sich plötzlich ein halbes Dutzend Tauben aus dem Verband löste und der Señorito Iván die Jagdflinte ans Kinn riß und die Stimme senkte,

aufgepaßt, schon stoßen sie herab,
und dann zog Paco, der Kurze, knapper, abge-

hackter, sparsamer an dem Strick, damit sich der Tauber bewegte, ohne die Flügel ganz auszubreiten, und sobald sich die Vögel im Gleitflug nahten, rüstete sich der Señorito Iván, zielte und bumbum!,

zwei, ein Paar!,

frohlockte Paco im Blattwerk, und der Señorito Iván,

halt den Mund, du,

und bumbum!,

wieder zwei!,

quietschte Paco hoch oben, ohne sich beherrschen zu können, und der Señorito Iván,

halt den Schnabel, du!,

und bumbum!,

eine ist entwischt!,

klagte Paco, und der Señorito Iván,

kannst du nicht endlich dein Maul halten, verdammter Schlappschwanz?,

aber zwischen einem Bumbum und dem anderen wurden Paco, dem Kurzen, seine um den Ast geklammerten Beine taub, und wenn er vom Baum stieg, mußte er es sehr behutsam tun, weil er häufig seine Füße nicht mehr spürte, und wenn er sie spürte, waren sie wie Watte, kribbelten wie Brausepulver und verweigerten ihren Dienst, doch der Señorito Iván achtete nicht darauf und hetzte ihn los, eine neue Atalaya-Eiche zu suchen, denn er wechselte gern vier- oder fünfmal am Tag das Jagdrevier, so daß am Ende des Jagdtags Paco, dem Kurzen, die Schultern schmerzten, die Hände schmerzten, die Schenkel und der ganze Körper schmerzten, vom Muskelkater, jawohl, so daß ihm seine Glieder wie ausgerenkt, wie am falschen Platz vorkamen, doch am nächsten Morgen ging es von vorn los, war der Señorito Iván doch versessen auf die Tauber, eine üble Sache, daß ihm diese Art der Jagd ebensogut oder besser gefiel als die Treibjagd auf Rebhühner oder auf das Spießflughuhn vom Hochstand aus, im Sumpfland, oder auf Waldschnepfen mit der Guita und der Schelle, nie bekam der Mann genug, und am Morgen, noch bei Zwielicht, war er schon auf den Beinen,

bist du müde, Paco?,

lächelte er boshaft und fügte hinzu,

das Alter kennt kein Erbarmen, Paco, wer hätte das je bei dir gedacht, so gut, wie du mal warst,

und Paco, den Kurzen, zwickte das Ehrgefühl, und er kletterte auf die Bäume, womöglich mit größerer Geschwindigkeit als am Vortag, auch auf die Gefahr hin, sich das Genick zu brechen, und er band den Lockvogel in der Krone der Steineiche oder der Korkeiche fest, hoch oben, aber wenn die Vogelschwärme nicht so recht näherkommen wollten oder mißtrauisch fernblieben, hieß es heruntersteigen und sich an einen anderen Lieblingsplatz begeben, und auf diese Weise erlahmten die Kräfte Pacos, des Kurzen, von Baum zu Baum, aber vor dem Señorito Iván, der ihn schon argwöhnisch beobachtete, mußte er Tatkraft vortäuschen und von neuem behende hinaufklettern, und wenn er fast oben war, sagte der Señorito Iván,

dort doch nicht, Paco, Armleuchter, diese Steineiche ist viel zu klein, siehst du das nicht?, such die Atalaya-Eiche, wie du es immer getan hast, werde mir bloß kein Faulenzer,

und Paco, der Kurze, kletterte hinunter, suchte die Atalaya-Eiche, und wieder hinauf bis in die Krone, den Lockvogel in der Hand, doch eines Morgens,

jetzt sitzen wir aber in der Scheiße, Señorito Iván, ich habe die Falkenhauben zu Hause gelassen,

und der Señorito Iván, der an diesem Tag vor Jagdlust zitterte, weil der Himmel über dem Steineichenwald in der Ebene sich vor Tauben verfinsterte, herrschte ihn an,

dann blende den Tauber, wir dürfen keine Zeit verlieren,

und Paco, der Kurze,

soll ich ihn blenden, Señorito Iván, oder soll ich ihm mit dem Taschentuch eine Haube umbinden?,

und der Señorito Iván,

hast du mich nicht gehört?,

und ohne sich bitten zu lassen, vertraute sich Paco, der Kurze, dem Ast an, klappte sein Messer auf und stach eins zwei drei dem Lockvogel die Augen aus, und der mit einemmal blinde Vogel machte ein paar schwerfällige, unbeholfene Bewegungen, die aber wirkungsvoll waren, denn plötzlich stießen mehr Vögel herab als gewöhnlich, und der Señorito blieb nicht müßig,

Paco, du mußt alle Tauber blenden, hörst du, durch die verdammten Falkenhauben sickert Licht, und die Tiere gehorchen nicht,

und so einen Tag nach dem anderen, bis Paco, der Kurze, eines Nachmittags, nachdem sie schon eineinhalb Wochen aufs Feld gezogen waren, von einer riesigen Steineiche kletterte und sein eingeschlafenes Bein versagte und er mit gespreizten Beinen wie ein Sack zwei Meter vor dem Señorito Iván herunterstürzte und der Señorito Iván erschrocken zusammenfuhr,

Schlappschwanz, fast hättest du mich erschlagen!,

aber Paco wand sich auf dem Erdboden, und der Señorito Iván trat näher und hielt seinen Kopf fest,

hast du dir weh getan, Paco?,

aber Paco, der Kurze, konnte nicht antworten, denn der Schlag auf die Brust hatte ihm den Atem verschlagen, und so deutete er nur nachdrücklich auf das rechte Bein,

ach so, wenn es nichts Schlimmeres ist . . .!,

sagte der Señorito Iván,

und wollte Paco, dem Kurzen, auf die Beine helfen, aber als Paco, der Kurze, endlich ein Wort herausbrachte, sagte er, an den Stamm der Steineiche gelehnt,

das Bein da gehört nicht mehr mir, Señorito Iván, es ist wie taub,
und der Señorito Iván,

wieso gehört es dir nicht?, los!, sei nicht zimperlich, Paco, wenn du es kalt werden läßt, wird es noch schlimmer,
aber Paco, der Kurze, versuchte einen Schritt zu gehen und fiel hin,

ich kann nicht, Señorito Iván, es ist gebrochen, ich habe nämlich gespürt, wie der Knochen gesplittert ist,
und der Señorito Iván,

so eine verdammte Scheiße, wer wird mir jetzt den Lockvogel anbinden, wo ganze Scharen von Ringeltauben im Flachland ausschwärmen?,
und Paco, der Kurze, der sich insgeheim schuldig fühlte, schlug, um ihn zu besänftigen, vom Erdboden aus vor,

vielleicht der Quirce, mein Junge, der ist ganz geschickt, Señorito Iván, ein bißchen mürrisch vielleicht, aber er könnte Ihnen dienlich sein,
und er verzog das Gesicht, weil ihn das Bein schmerzte, und der Señorito Iván machte mit gesenktem Kopf, zweifelnd, ein paar Schritte, doch schließlich begab er sich zum Vorsprung des Hügels, bildete mit den Händen einen Trichter und schrie zum Gutshof hinüber, ein-, zwei-, dreimal, jedesmal lauter, ungeduldiger, ungehaltener, und als keine Antwort erfolgte, legte er los und fluchte, was das Zeug hielt, und schließlich wandte er sich zu Paco, dem Kurzen,

bist du sicher, daß du nicht hochkommst, Paco?,

und Paco, der Kurze, an den Stamm der Steineiche gelehnt,

ich glaube kaum, Señorito Iván,

und plötzlich tauchte der älteste Sohn Facundos im Tor des Hofgeländes auf, und der Señorito Iván zog ein weißes Tuch aus der Tasche und winkte mehrmals damit, und Facundos Junge antwortete, indem er die Arme wie Windmühlenflügel drehte, und nach einer Viertelstunde stand er schon keuchend vor ihnen, denn wenn der Señorito Iván rief, hieß es sich sputen, das wußte man, besonders wenn er mit der Flinte unterwegs war, und der Señorito Iván legte ihm schwer die Hände auf die Schultern, damit ihm klarwurde, wie wichtig sein Auftrag sei, und sagte zu ihm,

zwei sollen herkommen, hörst du?, sie müssen dem Paco helfen, der sich verletzt hat, und der Quirce soll mich begleiten, hast du verstanden?,

und während er sprach, nickte der junge Bursche mit den lebhaften Augen und dem dunklen Teint, und der Señorito Iván deutete mit dem Kinn auf Paco, den Kurzen, und sagte zur Erläuterung,

der Schlappschwanz da ist aufs Kreuz gefallen, gerade zum richtigen Zeitpunkt, wie du siehst,

und nach einer Weile kamen zwei vom Gutshof

und schleppten Paco auf einer Tragbahre davon, und der Señorito Iván drang mit Quirce in den Steineichenwald vor, bemüht, das Gespräch in Gang zu bringen, aber der Quirce war einsilbig, sagte höchstens ja, nein, kann sein, zeigte sich finster, in sich gekehrt, verschlossen, so daß er fast stumm wirkte, dagegen erwies sich der Lump mit dem Lockvogel als geschickt, ja als Virtuose, wirklich, man brauchte ihm nur zu sagen, kräftig, sachte, weniger, kurz, und schon gehorchte er aufs Wort, und seine Bewegungen waren so genau, daß die Ringeltaubenschwärme auf den Lockruf hin ohne Argwohn herabstießen, und der Señorito Iván, bumbum!, bumbum!, ballerte ohne Unterlaß und bekam nie genug, schoß aber dann und wann daneben, und bei jedem Fehlschuß fluchte er Gift und Galle, doch das Lästigste war, daß er der Gerechtigkeit halber die Schuld nicht auf andere abwälzen konnte, und überdies quälte ihn, daß der Quirce Zeuge seines Versagens war, und er sagte zu ihm,

das Mißgeschick mit deinem Vater ist mir in die Glieder gefahren, Junge, in meinem ganzen Leben habe ich nicht so oft danebengeschossen wie heute,

und der andere, im Blattwerk versteckt, erwiderte gleichgültig,

kann sein,

und der Señorito Iván geriet aus der Fassung,

keine Rede davon, daß es sein kann oder

nicht sein kann, Scheißkerl, es ist so sicher wie das Amen in der Kirche,
und bumbum!, bumbum!, bumbum!,
und noch so ein Schlappschwanz ist mir entwischt!,
brüllte der Señorito Iván, und der Quirce hockte hoch oben, stumm, still, reglos, als sei er gar nicht dabei, und als sie zum Gutshof zurückmarschierten, ging der Señorito Iván am Haus des Paco vorbei,
wie geht es uns, Paco, wie fühlst du dich?,
und Paco, der Kurze,
geht so, Señorito Iván,
er hatte das Bein auf einen Hocker gelegt, und sein Knöchel war dick und geschwollen wie ein Autoreifen,
es ist ein übler Bruch, haben Sie den Knochen nicht splittern hören?,
aber Señorito Iván kam gleich auf sein Geschäft zu sprechen,
noch nie in meinem Leben habe ich so viele Tauber verfehlt wie heute morgen, Paco, so was!, ich kam mir vor wie ein Anfänger, was wird sich dein Junge gedacht haben?,
und Paco, der Kurze,
das sind wohl die Nerven, ist doch natürlich, nicht?,
und der Señorito Iván,
natürlich, natürlich, such keine Entschuldigungen, dir kommt das natürlich vor, Paco, nach all den Jahren, die ich schon Vögel schieße, eine

Wildtaube von hier bis zum Geranienbeet zu verfehlen, wie?, sag, Paco, hast du mich auch nur einmal einen Tauber von hier bis zum Geranienbeet verfehlen sehen?,
und der Quirce hinter ihm abwesend, gelangweilt, die Stange mit den Taubern in einer Hand und die Flinte im Futteral in der anderen, wortkarg, schweigsam, und nun erschien in der Haustür unter dem Laubengang der Azarías, barfuß, die Füße verschmutzt, in der Hose mit den Flicken auf den Knien, mit den zahnlosen Kiefern lächelnd, knurrend wie ein Hund, und Paco, leicht verängstigt, deutete ganz förmlich mit dem Finger auf ihn,

das hier ist mein Schwager,

sagte er,
und der Señorito Iván musterte aufmerksam den Azarías,

hast eine brauchbare Familie, wie ich sehe,

bemerkte er,
doch der Azarías, wie von einer magnetischen Kraft angezogen, näherte sich der Vogelstange und schaute sich begierig die toten Tauber an, und plötzlich griff er nach ihnen und prüfte sie einen um den anderen, betastete ihre Füße und Schnäbel, um festzustellen, ob sie jung oder alt waren, Männchen oder Weibchen, und nach einer Weile hob er die schläfrigen Augen und heftete sie auf den Señorito Iván,

soll ich sie Ihnen rupfen?,

fragte er erwartungsvoll,

und der Señorito Iván,

kannst du denn überhaupt Tauben rupfen?,

und Paco, der Kurze, entgegnete,

na was denn, wenn er das nicht könnte, er hat in seinem Leben nichts anderes gemacht,

und ohne weitere Erklärungen nahm der Señorito Iván dem Quirce die Vogelstange aus der Hand und hielt sie dem Azarías hin,

da,

sagte er,

und wenn du sie gerupft hast, bringst du sie Doña Purita, in meinem Auftrag, wirst du es nicht vergessen?, und was dich betrifft, Paco, los, wir fahren nach Cordovilla zum Arzt, dein Bein gefällt mir nicht, und am zweiundzwanzigsten haben wir Treibjagd,

und der Señorito Iván, der Quirce und die Régula betteten Paco, den Kurzen, gemeinsam in den Landrover, und sobald sie in Cordovilla ankamen, betastete Don Manuel, der Arzt, den Knöchel, versuchte ihn zu bewegen, machte zwei Röntgenaufnahmen und zog die Augenbrauen hoch,

brauch' ich mir gar nicht anzusehen, das Wadenbein,

sagte er,

und der Señorito Iván,

wieso?,

es ist gebrochen,

aber der Señorito Iván weigerte sich, die Worte des Arztes hinzunehmen,

bring mich bloß nicht auf die Palme, Manolo, am zweiundzwanzigsten haben wir Treibjagd auf dem Landgut, und ich kann ihn nicht entbehren,
und Don Manuel, der pechschwarze, engstehende und durchbohrende Augen wie ein Inquisitor und einen flachen Hinterkopf hatte, wie mit der Kelle plattgedrückt, hob die Achseln,

ich sag' dir nur, was los ist, Iván, du wirst dann machen, was immer du willst, du bist der Eigentümer der Eselin,
und der Señorito Iván verzog unmutig den Mund,

darum geht es nicht, Manolo,
und der Arzt,

im Augenblick kann ich nichts anderes tun, als das Bein schienen, es ist stark entzündet, und Eingipsen würde kaum etwas helfen, in einer Woche bringst du ihn mir wieder her,
und Paco, der Kurze, blieb stumm und blickte durchtrieben von einem zum anderen,

diese Knöchelbrüche sind ja nicht weiter schlimm, aber lästig, tut mir leid, Vancito, drum wirst du dich nach einem neuen Gehilfen umsehen müssen,
und der Señorito Iván war ein paar Sekunden lang sprachlos, dann,

verdammte Sauerei, hörst du, dabei habe ich noch Glück gehabt, er ist ungefähr so weit von mir entfernt abgestürzt,
und er deutete auf den Rand des Teppichs,

der Schlappschwanz hätte mir um ein Haar das Genick gebrochen,
und nachdem sie sich noch ein paar Minuten unterhalten hatten, fuhren sie zum Gutshof zurück, und nach Ablauf einer Woche lud der Señorito Iván Paco, den Kurzen, wieder in den Landrover, und sie fuhren abermals nach Cordovilla, und bevor der Arzt ihm die Schiene abnahm, bat er ihn dringend,

könntest du dir nicht etwas einfallen lassen, Manolo, damit er am zweiundzwanzigsten wieder fest auf den Beinen steht,
aber der Arzt schüttelte energisch verneinend seinen abgeflachten Kopf,

wenn aber der zweiundzwanzigste sozusagen übermorgen ist, Iván, und dieser Mann fünfundvierzig Tage im Gips bleiben muß, kannst du ihm ja ein paar Krücken kaufen, damit er etwa nach einer Woche wenigstens im Haus herumlaufen kann,
und als er mit dem Eingipsen fertig war, fuhren Paco, der Kurze, und der Señorito Iván wieder zum Gutshof zurück, schweigsam, zugeknöpft, als sei soeben ein entscheidendes Band zwischen ihnen gerissen, und von Zeit zu Zeit seufzte Paco, der Kurze, der sich für seinen Knochenbruch verantwortlich fühlte, und versuchte die Spannung zu lockern,

glauben Sie, mir tut es am meisten leid, Señorito Iván,
aber der Señorito Iván, den Blick durch die

Windschutzscheibe in die Ferne gerichtet, saß mit gerunzelten Brauen am Steuer, wortlos, und Paco, der Kurze, lächelte und bemühte sich, das Bein zu bewegen,

das Zeug wiegt ganz schön viel,

fügte er hinzu,

aber der Señorito Iván rührte sich nicht, in Gedanken versunken, und vermied die Schlaglöcher, bis er beim vierten Versuch Pacos, des Kurzen, hervorstieß,

schau, Paco, die Ärzte können sagen, was sie wollen, aber du darfst dich nicht gehenlassen, sondern mußt dich anstrengen, einfach losgehen; meine Großmutter, Gott hab sie selig, blieb, wie du weißt, ihr Lebtag lahm; in solchen Fällen, mit oder ohne Stöcke, heißt es sich bewegen, aufs Feld hinausgehen, auch wenn es weh tut, läßt du dich gehen, bist du erledigt, das sag' ich dir,

und als sie durchs Tor fuhren, stießen sie im Hof auf den Azarías, mit der Dohle auf der Schulter, und als der Azarías das Motorengeräusch hörte, ging er ihnen entgegen und trat ans vordere Fenster des Landrovers und lachte, das Zahnfleisch vorzeigend und sabbernd,

sie wollte nicht mit den Milanen wegfliegen, nicht wahr, Quirce?,

sagte er, die Dohle streichelnd,

aber der Quirce schwieg und blickte den Señorito Iván an, seine Augen dunkel, rund und verschwiegen wie die einer Waldschnepfe, und der

Señorito Iván stieg aus dem Wagen, fasziniert von dem auf Azarías' Schultern hockenden schwarzen Vogel,

kannst du auch Vögel abrichten?,

fragte er,

und streckte den Arm aus in der Absicht, den Vogel zu packen, aber der Vogel ließ ein furchtsames »Kwia« hören und flog zum Wetterdach der Kapelle auf, und der Azarías lachte und bewegte die Kinnlade seitwärts,

er hat Angst bekommen,

sagte er,

und der Señorito Iván,

natürlich, er fremdelt, er kennt mich nicht,

und er hob die Augen zu dem Vogel empor,

und kommt er nicht wieder runter?,

wollte er wissen,

und der Azarías,

natürlich kommt der runter, passen Sie auf!,

und seine Kehle formte ein samtweiches, sanftes »Kwia«, und die Dohle pendelte ein paar Sekunden unruhig auf ihren Füßen, spähte ins Hofgelände nach allen Seiten hinunter, schwang sich schließlich ins Leere, schwebte mit ausgebreiteten Schwingen, beschrieb zwei Kreise rings um das Automobil, landete auf der Schulter des Azarías und begann an seinem Nacken herumzupicken und steckte den Schnabel in sein weißes Haar, als wolle sie ihn lausen, und der Señorito, verblüfft,

die ist vielleicht pfiffig, fliegt fort und reißt nicht aus, und Paco, der Kurze, trat langsam auf die Gruppe zu, stützte das Gewicht seines Körpers auf die Krücken und sagte, zu dem Señorito Iván gewandt,

er hat sie nämlich aufgezogen und abgerichtet, wissen Sie,

und der Señorito Iván, mit wachsendem Interesse,

und was macht der Vogel so den Tag über?,

und Paco, der Kurze,

schauen Sie, was alle anderen auch machen, er pickt die Rinde von den Korkeichen, sucht Glassplitter, wetzt sich den Schnabel am Stein der Viehtränke, genehmigt sich ein Nickerchen im Weidenbaum, das Tier vertreibt sich die Zeit, so gut es kann,

und während Paco sprach, beobachtete der Señorito Iván eingehend den Azarías, und nach einer Weile blickte er Paco, den Kurzen, an und sagte halblaut, wobei er die Wörter fast verschluckte, so als spräche er mit sich selbst,

ich meine, Paco, würde dein Schwager mit seinem Talent, das er so vergeudet, nicht einen guten Jagdgehilfen abgeben?,

aber Paco, der Kurze, schüttelte den Kopf, ruhte seinen Körper auf dem linken Fuß aus, um sich mit der rechten Hand an die Stirn zu tippen, und sagte,

mit Taubern kennt er sich aus, aber für Rebhühner reicht sein Grips nicht aus, und von diesem Tag an besuchte der Señorito Iván Paco, den Kurzen, jeden Morgen und spornte ihn an,

Paco, reg dich, verdammt, laß dich nicht gehen, du kommst mir vor wie ein Lahmer, vergiß nicht, was ich dir gesagt habe,

aber Paco, der Kurze, blickte ihn mit den schwermütigen Augen eines kranken Hühnerhundes an,

das ist leicht gesagt, Señorito Iván,

und der Señorito Iván,

schau, bald ist der zweiundzwanzigste,

und Paco, der Kurze,

was sollen wir nur tun?, es tut mir selber am meisten leid, Señorito Iván,

und der Señorito Iván,

es tut mir selber am meisten leid, es tut mir am meisten leid, lauter faule Ausreden, ein Mann sein heißt, einen Willen haben, Paco, verdammt noch mal, du willst nicht begreifen, und wo kein Wille ist, da ist kein Mann, Paco, mach dir nichts vor, du mußt dich einfach anstrengen, auch wenn es weh tut, sonst wirst du nie mehr etwas aus deinem Leben machen und bist für den Rest deines Lebens zu nichts mehr zu gebrauchen, hörst du?,

und der Señorito Iván bedrängte ihn, setzte ihm zu, bestürmte ihn, bis Paco, der Kurze, unter Schluchzen stammelte,

wenn ich den Fuß aufsetze, ist mir, als würde mir der Spann mit einem Fuchsschwanz durch-

gesägt, glauben Sie mir, es tut weh, Señorito Iván,
und der Señorito Iván,

reine Einbildung, Paco, reine Einbildung, kannst du dich denn nicht mit den Krücken behelfen?,
und Paco, der Kurze,

Sie sehen doch, nur wenn ich langsam gehe und auf flachem Gelände,
aber dann kam der zweiundzwanzigste, und der Señorito Iván fuhr bei Tagesanbruch mit dem braunen Landrover stur und unbeirrt vor der Haustür Pacos, des Kurzen, vor,

komm, auf geht's, Paco, wir werden ganz vorsichtig sein, mach dir keine Sorgen,
und Paco, der Kurze, der mit einer gewissen Zurückhaltung näher humpelte, während er die Stiefelwichse roch und den Thymian und den Lavendel der Hosensäume des Señorito Iván, vergaß seine Beine und stieg in den Wagen, während die Régula wimmerte,

glauben Sie mir, das wird uns noch Verdruß einbringen, Señorito Iván,
und der Señorito Iván,

ruhig Blut, Régula, ich bring' ihn dir heil zurück,
und im Herrenhaus wurden die jungen Herren aus Madrid über den Vorbereitungen ganz aufgeregt, und der Herr Minister, der Herr Graf und die Señorita Miriam, die auch gerne auf die Treibjagd ging, alle rauchten und erhoben die

Stimmen, während sie ihren Frühstückskaffee tranken und weiche Brötchen dazu aßen, und als Paco, der Kurze, ins Eßzimmer trat, steigerte das die gehobene Stimmung, schien sich doch das Interesse an der Treibjagd auf Paco, den Kurzen, zu konzentrieren, und ein jeder rief,

Mensch, Paco!,

wie konntest du nur runterpurzeln, Armleuchter?, natürlich wäre es noch schlimmer, wenn du dir die Nase gebrochen hättest,

und der Botschafter schickte sich an, dem Herrn Minister mit gedämpfter Stimme Pacos, des Kurzen, Begabung für die Jägerei zu schildern, und Paco suchte den einen wie den anderen gerecht zu werden und schob absichtlich die Krükken vor, um sie gleichsam als Zeugen anzurufen,

verzeihen Sie, wenn ich nicht den Hut abnehme,

und sie,

das fehlte noch, Paco,

und die Señorita Miriam, lächelnd, mit ihrem offenen strahlenden Lächeln,

werden wir einen schönen Tag haben, Paco?,

und vor der bevorstehenden Verlosung trat zwischen den Gästen Schweigen ein, und Paco, der Kurze, erklärte, an alle gewandt,

der Morgen ist wolkenlos, und wenn das Wetter nicht umschlägt, glaub' ich, werden wir gewonnenes Spiel haben,

und währenddessen holte der Señorito Iván aus der Schublade der florentinischen Truhe die durch Gebrauch und Zeit geschwärzte Lederschatulle mit den Perlmuttblättchen, die einem Zigarettenetui glich, und jemand sagte,

die Stunde der Wahrheit hat geschlagen,

und einer nach dem anderen, ganz feierlich, als vollzögen sie einen alten Ritus, wählte ein Blättchen mit der am äußersten Ende verborgenen Zahl,

wir werden uns je zwei und zwei ablösen,

verkündete der Señorito Iván,

und der Herr Graf befragte als erster sein Blättchen und rief lauthals,

die Neun!,

und ohne eine Erklärung begann er dümmlich Beifall zu spenden und klatschte mit so viel Begeisterung in die Hände und strahlte so vor Genugtuung, daß der Herr Minister zu ihm trat,

ist die Neun denn so gut, Graf?,

und der Herr Graf,

gut?, hast du eine Ahnung, Minister, ein Felsennest an einem Hügelhang, in der Talsohle, dort lassen sie sich wie blöd abknallen, und wenn sie dich angucken wollen, haben sie keine Zeit mehr, sich davonzumachen, im letzten Jahr habe ich auf diesem Anstand dreiundvierzig geschossen,

und währenddessen schrieb sich der Señorito Iván in einem Notizbuch die Namen der Schützen mit den entsprechenden Nummern auf, und sobald er die letzte aufgeschrieben hatte, steckte er das Büchlein in die obere Tasche seiner Patronenweste,

auf geht's, es wird spät,
drängte er,
und ein jeder kletterte in seinen Landrover mit den Gehilfen und der Garnitur von Doppelflinten und den Patronentaschen, während Crespo, der Oberwächter, die Treiber, die Jagdhornbläser, die Fahnenträger auf den Anhängern der Traktoren unterbrachte, schließlich setzten sich alle in Bewegung, und der Señorito Iván zeigte sich außerordentlich rücksichtsvoll gegenüber Paco, dem Kurzen, und das ist nicht nur so dahingesagt, er fuhr mit ihm im Jeep bis zum Jagdschirm, obwohl es querfeldein keinen Fahrweg gab, und ließ auch, sofern nötig, beim Durchfahren von Bächen an seichten Stellen größte Behutsamkeit walten,

du, Paco, warte hier und rühr dich nicht, ich will den Wagen hinter diesen kleinen Steineichen verstecken,
soweit lief alles gut, die einzige Schwierigkeit war die Suche nach dem erlegten Wild, denn Paco bewegte sich auf seinen Krücken unbeholfen vorwärts, er hinkte hinterher, die Gehilfen der benachbarten Anstände nutzten seine Langsamkeit und stibitzten ihm die toten Vögel,

Señorito Iván, der Ceferino hat zwei Rebhühner mitgehen lassen, die ihm nicht gehören,
klagte er,
und der Señorito Iván, wütend,

Ceferino, gib sofort die zwei Vögel her, ich scheiße auf die Mutter, die dich geboren hat,

wollen mal sehen, ob der Fuß von Paco dazu gut ist, daß ihr euch über einen armen Krüppel lustig macht,
tobte er,
aber andere Male war es Facundo oder auch Ezequiel, der Schweinehirt, und der Señorito Iván konnte gegen die vielen nichts ausrichten, unmöglich, an allen Fronten gleich erfolgreich zu kämpfen, und immer ärgerlicher, immer übelgelaunter,

kannst du dich nicht etwas schneller bewegen, Paco, Armleuchter?, kommst mir vor wie eine Straßenwalze, wenn du nicht aufpaßt, werden sie dir noch die Hosen stehlen,
und Paco, der Kurze, mühte sich mächtig ab, aber die Stoppelfelder erschwerten sein Vorwärtskommen und erlaubten ihm nicht, den Fuß flach aufzusetzen, und dabei, pardauz!, stürzte Paco, der Kurze, auf die Erde wie ein Frosch,

ach, Señorito Iván, wieder ist mir der Knochen gebrochen, ich hab's gespürt!,
und der Señorito Iván, der zum erstenmal in der Geschichte des Gutshofs bei der dritten Treibjagd fünf Vögel weniger erlegt hatte als der Herr Graf, geriet völlig außer sich und fluchte Pech und Schwefel,

was ist nur mit dir los, Paco, Armleuchter?, das ist wirklich eine regelrechte Sauerei, oder etwa nicht?,
aber Paco, der Kurze, rief beharrlich vom Erdboden aus,

das Bein, Señorito, wieder ist der Knochen gebrochen,

und das Fluchen des Señorito Iván war bis nach Cordovilla zu hören,

kannst du dich wirklich nicht bewegen?, versuch doch wenigstens auf die Füße zu kommen, Mann,

aber Paco, der Kurze, versuchte es nicht einmal, er blieb am Rain liegen, hielt sich das verletzte Bein mit beiden Händen fest, ungerührt von den Flüchen des Señorito Iván, so daß der Señorito Iván schließlich einlenkte,

einverstanden, Paco, dann bringt dich Crespo nach Hause, du legst dich hin, und gegen Abend, wenn die Jagd vorbei ist, fahre ich dich zu Don Manuel,

und Stunden später bemühte sich Don Manuel, der Arzt, um ihn,

Sie hätten vorsichtiger sein sollen,

und Paco, der Kurze, versuchte sich zu rechtfertigen,

ich ...,

aber der Señorito Iván war in Eile, unterbrach ihn,

mach rasch, Manolo, der Minister wartet auf mich,

und der Arzt, ungehalten,

neuer Knochenbruch, logisch, noch kaum geheilt, der Mann darf sich auf keinen Fall bewegen,

und der Señorito Iván,

und morgen?, was soll ich morgen machen, Manolo?, das ist keine Marotte von mir, ich schwör's,

und der Arzt, während er sich den Kittel auszog,

tu, was dir Spaß macht, Vancito, wenn du diesen Mann unglücklich machen willst für den Rest seines Lebens, dann nur zu,

und dann im braunen Landrover zündete sich der Señorito Iván wortkarg und schweigsam eine Zigarette nach der anderen an, ohne ihm einen Blick zu gönnen, so, als habe Paco, der Kurze, es absichtlich getan,

noch so eine Sauerei,

sagte er nur hin und wieder zwischen den Zähnen, und Paco, der Kurze, schwieg und spürte den feuchten neuen Gipsverband um die Wade, und als sie am Gut Las Tapas vorüberfuhren, rannten die Hofhunde bellend hinter ihnen her, und dank des Hundegebells schien der Señorito Iván aus seiner Versunkenheit aufzutauchen, er schüttelte den Kopf, als wolle er ein Gespenst verscheuchen, und fragte Paco, den Kurzen, unversehens,

welcher von deinen Jungen ist der vifere?,

und Paco,

sie sind sich so ziemlich gleich,

und der Señorito Iván,

der, der mich zur Taubenjagd begleitet hat, wie heißt er noch?,

der Quirce, Señorito Iván, der kennt sich eher in der Feldarbeit aus, und der Señorito Iván, nach einer Pause,

man kann auch nicht behaupten, daß er sehr gesprächig ist,

und Paco,

nein, Señor, so ist das heute mit der Jugend,

und der Señorito Iván, während er sich eine neue Zigarette anzündete,

kannst du mir sagen, Paco, was die Jugend von heute will, warum es ihr nirgendwo mehr gefällt?,

und am darauffolgenden Morgen fühlte sich der Señorito Iván hinter dem Jagdschirm unbehaglich angesichts der gespannten Verschlossenheit des Quirce, angesichts seiner olympischen Gleichgültigkeit,

langweilst du dich?,

fragte er ihn,

und der Quirce,

schauen Sie, ich langweile mich nicht und lasse mich auch nicht langweilen,

und verharrte weiter in Schweigen, unbeeindruckt von der Treibjagd, lud jedoch geschickt und sicher die Doppelflinten und ortete besonnen die erlegten Rebhühner, ohne sich zu irren, doch als dann das Wild gesucht werden mußte, erwies er sich als schlapp und nachgiebig gegenüber der unersättlichen Gier der Nachbargehilfen, und der Señorito Iván brüllte,

Ceferino, du Hundesohn, nutz das ja nicht aus, daß der Junge noch neu ist, komm und rück diesen Vogel raus!, und im Schutz des Jagdschirms, der eine fast häusliche, für Vertraulichkeiten geeignete Atmosphäre bot, versuchte der Señorito Iván Quirces Sympathie zu gewinnen und ihm etwas Begeisterung einzuflößen, doch der junge Bursche, ja, nein, kann sein, vielleicht, schauen Sie, jedesmal unbeteiligter und widerborstiger, und der Señorito Iván war zunehmend geladen, und sowie die Jagd zu Ende war, machte er sich im großen Speisesaal des Herrenhauses Luft,

die Jungen, sag' ich dir, Minister, wissen nicht, was sie wollen, in diesem gesegneten Frieden, den wir genießen, wird ihnen alles viel zu leicht gemacht, ich würde ihnen einen Krieg gönnen, du nicht auch?, es ist ihnen noch nie so gut gegangen wie heute, jeder hat zumindest seine fünf Duros in der Tasche, und weißt du, was ich glaube?, daß der Besitz sie stolz macht, was glaubst du, was der Junge vom Paco sich heute nachmittag geleistet hat?,

und der Minister blickte ihn aus den Augenwinkeln an, während er sein Lendenstück mit Appetit verschlang und sich mit der weißen Serviette sorgfältig die Lippen abwischte,

erzähl mal,

und der Señorito Iván,

ganz einfach, als die Jagd zu Ende ist, gebe ich ihm einen Hunderter-Schein, zwanzig kleine Duros, ja?, und er, lassen Sie, bemühen Sie sich nicht, und ich, nimm doch und genehmige dir ein paar Gläschen, Mann, und er, danke, ich ha-

be nein gesagt, schön, da war nichts zu machen, wie findest du das?, und da fällt mir ein, vor kurzem, also vor vier Tagen, sagte sein eigener Vater, Paco, meine ich, danke, Señorito Iván, und vielen Dank auch, Señorito Iván, ein ganz anderer Respekt, man könnte fast meinen, den Jungen von heute ist es lästig, eine Hierarchie anzuerkennen, aber ich habe schon immer gesagt, Minister, vielleicht täusche ich mich, aber wir alle, der eine mehr, der andere weniger, wir alle müssen uns einer Hierarchie unterordnen, die einen unten und die anderen oben, das ist das Gesetz des Lebens, oder nicht?,
und die Versammlung verharrte einige Minuten unentschlossen, während der Minister beipflichtete und kaute, ohne sprechen zu können, und sobald er den Bissen hinuntergeschluckt hatte, wischte er sich mit der weißen Serviette behutsam die Lippen und bekundete,

die Autoritätskrise spielt sich heute auf allen Ebenen ab,
und die Tischgäste pflichteten den Worten des Ministers mit schmeichlerischem Kopfnicken und zustimmenden Bemerkungen bei, während Nieves die Teller wechselte, den schmutzigen Teller mit der linken Hand fortnahm und den sauberen mit der rechten hinstellte, mit gesenktem Blick und stummen Lippen, und der Señorito Iván folgte aufmerksam den Bewegungen der Kleinen, und als sie zu seinem Platz kam, blickte er ihr schamlos direkt ins Angesicht, und das

junge Mädchen wurde flammendrot, und nun sagte der Señorito Iván,

dein Bruder, sag mal, Kleine, der Quirce, kannst du mir sagen, warum der so mürrisch ist?,

und Nieves, immer beklommener, hob die Schulter und lächelte vage und stellte schließlich mit zitternder Hand den sauberen Teller von der rechten Seite vor ihn hin, und so ging es die restliche Mahlzeit über weiter, aber Nieves war immer noch ziemlich verstört, und abends, als es Zeit war, schlafen zu gehen, rief der Señorito Iván sie von neuem,

Kleine, zieh mir diesen Stiefel aus, tu mir den Gefallen!, heute will er einfach nicht herunter, er will partout nicht,

und die Kleine zog an dem Stiefel, zuerst an der Spitze, dann am Absatz, Spitze-Absatz, Spitze-Absatz, wippend, bis der Stiefel sich löste, und nun hob der Señorito Iván träge das andere Bein der Stiefelauszieherin entgegen,

nun den anderen, Kleine, damit tust du mir einen zweiten Gefallen,

und als Nieves den anderen Stiefel ausgezogen hatte, ruhte der Señorito Iván die Füße auf dem Teppich aus, lächelte kaum merklich und sagte, das junge Mädchen anblickend,

weißt du, Kleine, daß du dich auf einmal ganz schön herausgemacht und eine hübsche Figur bekommen hast?,

und Nieves, verwirrt, mit dünnem Stimmchen,

wenn der Señorito nicht noch etwas braucht . . .,
doch der Señorito Iván brach in sein freimütiges, strahlendes Gelächter aus,
keiner von euch ist nach deinem Vater geraten, nach Paco, meine ich, Kleine, stört es dich denn, wenn ich deine Figur lobe?,
und Nieves,
das ist es nicht, Señorito Iván,
und nun zog der Señorito Iván sein Zigarettenetui aus der Tasche, klopfte eine Zigarette darauf zurecht und zündete sie an,
wie alt bist du, Kleine?,
und Nieves,
ich gehe auf die fünfzehn zu, Señorito Iván,
und der Señorito Iván lehnte den Nacken an die Sessellehne und stieß in zarten Kringeln den Rauch aus, gemächlich, genießerisch,
freilich, bist noch sehr jung, du kannst gehen,
gestattete er,
aber als Nieves die Tür erreichte, rief er ihr nach,
ach, sag deinem Bruder, er soll das nächste Mal nicht so fad sein, Kleine,
und Nieves ging, aber in der Küche, als sie die Töpfe schrubbte, fand sie keine Ruhe, brachte die Teller durcheinander und schlug eine Schüssel in Scherben, so daß die Leticia, die aus Cordovilla, die anläßlich der Treibjagden immer zum Gutshof heraufkam, fragte,
darf man erfahren, was heute abend in dich gefahren ist, Kleine?,

doch Nieves blieb stumm, war immer noch verstört, und als sie nach Mitternacht ihre Arbeit beendet hatte und durch den Garten nach Hause ging, entdeckte sie den Señorito Iván und Doña Purita, wie sie sich wild küßten beim Schein des Mondes im Laubengang.

Sechstes Buch

Das Verbrechen

DON PEDRO, der Verwalter, fand sich im Haus von Paco, dem Kurzen, ein, zaghaft, unsicher, doch mit einstudiertem Redeschwall, obwohl sein von der Backe bis zum rechten Ohr verzerrter Mundwinkel seine Unsicherheit verriet,

du hast also die Señora, will sagen, Doña Purita, nicht fortgehen sehen,

und die Régula,

o nein, Señor, Don Pedro, durchs Hoftor ist sie nicht gegangen, das kann ich bezeugen, nachts schieben wir nur den Riegel zurück, damit der Wagen des Señorito Iván raus- und reinfahren kann,

und Don Pedro, der Verwalter,

weißt du denn ganz sicher, was du da sagst, Régula?,

und die Régula,

eh, so sicher, wie daß die Erde diese Augen verschlingen wird, Don Pedro,

und Paco, der Kurze, bekräftigte seinerseits, auf seine Krücken gestützt, die Worte der Régula, und Azarías mit der Dohle auf der Schulter lächelte blöde, und da Don Pedro nichts Genaues herausbringen konnte, gab er es auf, trennte sich von der Gruppe und entfernte sich über das Hofgelände bis zum Herrenhaus, mit gesenktem Kopf und eingezogenen Schultern, und klopfte sich abwechselnd auf die Taschen seines Bauernmantels, als habe er statt seiner Frau seine Brieftasche verloren, und als er aus dem Blickfeld verschwunden war, trat Nieves mit der Charito in den Armen aus der Tür und sagte plötzlich,

Vater, Doña Purita und Señorito Iván haben sich gestern nacht im Laubengang umarmt, Mutter, wie die sich geküßt haben!,

sie senkte den Kopf, als wolle sie sich dafür entschuldigen, und Paco, der Kurze, schob seine Stöcke vor, stützte sich darauf und ging auf Nieves zu,

du hältst den Mund, Kleine,

sagte er bestürzt,

weiß jemand, daß du sie zusammen gesehen hast?,

und Nieves,

wer sollte das wissen?, es war ja schon zwölf vorbei, und im Herrenhaus war keine Seele mehr wach,

und Paco, der Kurze, dem die Unruhe aus den Augen sprang, aus seinen empfindsamen Nasenflügeln, senkte die Stimme noch mehr,

kein Wort darüber zu niemand, hörst du?, bei den Angelegenheiten der Herrschaft heißt es: hören, sehen, schweigen,

aber sie hatten die Unterhaltung noch nicht beendet, da kehrte Don Pedro, der Verwalter, zurück, den Mantel aufgeknöpft, ohne Krawatte, aschfahl, die großen behaarten Hände am Körper baumelnd, der Unterkiefer wie ausgerenkt,

Doña Purita ist ganz sicher nicht im Herrenhaus,
sagte er nach kurzem Zögern,

sie ist nirgends zu finden, Doña Purita, benachrichtigt das gesamte Personal des Gutshofs, möglicherweise ist Doña Purita entführt worden, und wir stehen hier mit verschränkten Armen und vergeuden unsere Zeit,
aber er hatte seine Arme gar nicht verschränkt, sondern rieb eine Hand an der anderen und blickte die Gruppe mit irren Augen an, und Paco, der Kurze, benachrichtigte Haus für Haus rings um das Hofgelände, und als alle versammelt waren, kletterte Don Pedro, der Verwalter, auf den Rand der Viehtränke und gab das Verschwinden der Doña Purita bekannt,

sie war im Herrenhaus und sah dort noch nach dem Rechten, als ich zu Bett ging, dann habe ich sie nicht mehr gesehen, hat jemand von euch Doña Purita nach Mitternacht gesehen?,
und die Männer blickten einander an mit unergründlichem Gesichtsausdruck, und einer schob die Unterlippe über die Oberlippe, um seine Unwissenheit zu unterstreichen, und andere schüttelten kategorisch den Kopf, und Paco, der Kurze, blickte starr auf Nieves, aber Nieves ließ sich anblicken und wiegte die Charito gleichmä-

ßig hin und her, ohne ja oder nein zu sagen, ganz gelassen, doch plötzlich sah Don Pedro, der Verwalter, ihr in die Augen, und Nieves zuckte zusammen und wurde ganz rot,

Kleine,

sagte er,

du warst doch im Herrenhaus, als wir uns zurückzogen, und Doña Purita war dort noch mit Aufräumen beschäftigt, hast du sie denn da nicht gesehen?,

und Nieves, aus der Fassung gebracht, verneinte und begleitete mit dem Kopf die Bewegung ihrer Arme, die die kleine Chica wiegten, und nach ihrem Nein betastete Don Pedro, der Verwalter, immer wieder untröstlich die großen Faltentaschen seines Mantels und zuckte nervös mit dem rechten Mundwinkel, während er sich in die Backe biß,

es ist gut,

sagte er,

ihr könnt gehen,

und wandte sich an die Régula,

du, Régula, warte noch einen Augenblick,

und als er mit der Régula unter vier Augen war, sagte er freimütig,

Doña Purita muß mit ihm weggegangen sein, mit dem Señorito Iván, meine ich, Régula, nur so, um mich an der Nase herumzuführen, denk nicht etwas anderes, denn das kann nicht sein, aber sie muß zwangsläufig durchs Hoftor gegangen sein, eine andere Erklärung gibt es nicht, und die Régula,

eh, aber mit dem Señorito Iván ist sie bestimmt nicht gegangen, Don Pedro, denn der Señorito Iván ging allein, ganz bestimmt, und er hat mir nichts gesagt, hat mir nur gesagt, Régula, paß mir auf diesen Mann auf, den Paco, ja?, denn vor Ende des Monats komm' ich wieder zur Taubenjagd, und dann brauch' ich ihn, das hat er zu mir gesagt, ich hab' den Riegel zurückgeschoben, und er ist weggefahren, aber Don Pedro, der Verwalter, wurde ungeduldig,

der Señorito Iván hat doch den Mercedes genommen, nicht wahr, Régula?,
und die Régula setzte eine ahnungslose Miene auf,

eh, Don Pedro, Sie wissen doch, daß ich davon nichts verstehe, er fuhr mit dem blauen Auto, genügt Ihnen das?,

mit dem Mercedes,
bestätigte Don Pedro,
und er schnitt rasch hintereinander ein paar Grimassen, die ihn so entstellten, daß die Régula dachte, er würde nie im Leben sein altes Gesicht wiederkriegen,

und etwas, Régula, hast du bemerkt . . ., hast du bemerkt, ob auf dem hinteren Sitz zufällig der Gabardinemantel des Señorito Iván, irgendwelche Wäsche oder sein Handkoffer lag?,
und die Régula,

eh, darauf habe ich nicht aufgepaßt, Don

Pedro, wenn Sie wollen, daß ich die Wahrheit sage,
und Don Pedro versuchte zu lächeln, um die Angelegenheit bedeutungslos erscheinen zu lassen, aber sein Lächeln gefror zu einer Grimasse, und mit diesem Zug um die Lippen, der aussah, als habe er Magenschmerzen, beugte er sich vertraulich zu Régulas Ohr hinunter und erklärte ausführlich,

Régula, denk zweimal nach, bevor du mir antwortest, fuhr nicht . . ., fuhr nicht vielleicht Doña Purita im Wagen mit, nehmen wir mal an, auf dem Hintersitz ausgestreckt, mit einem Mantel zugedeckt oder sonst einem Kleidungsstück?, versteh mich recht, nicht daß ich etwa Verdacht hege, du begreifst schon, sondern weil sie mich vielleicht zum Narren halten wollte und nach Madrid abgehauen ist, um mich eifersüchtig zu machen,
und die Régula, deren Blick sich sekundenlang schärfte, verneinte beharrlich,

eh, ich habe nur den Señorito Iván gesehen, Don Pedro, denn als ich zum Tor ging, da sagte der Señorito Iván zu mir, Régula, paß mir auf diesen Mann auf, auf den Paco, hörst du?,

ja, ja, ja . . .,
unterbrach sie Don Pedro heftig,

diese Geschichte hast du mir bereits erzählt, Régula,
und plötzlich drehte er sich um und ging fort, und von diesem Augenblick an sah man ihn von

einer Ecke zur anderen durchs Hofgelände streichen, völlig ziellos, das Kinn auf der Brust, den Rücken gebeugt, die Schultern eingezogen, als wolle er sich unsichtbar machen, und dann und wann schlug er mit den Handflächen auf die Manteltaschen, völlig ratlos, und so verging eine Woche, und am darauffolgenden Sonntag, als vor dem Tor des Gutshofs das Hupen des Mercedes ertönte, begann Don Pedro, der Verwalter, zu zittern und hielt eine Hand mit der anderen fest, damit man sein Zittern nicht wahrnahm, er hastete jedoch zum Tor, und während die Régula den Riegel zurückschob, versuchte er, Don Pedro, die Fassung wiederzugewinnen, und sobald der Wagen sich in Bewegung setzte und geräuschlos bis zu den Geranienbeeten glitt, konnten alle feststellen, daß Señorito Iván allein ankam, mit seiner Wildlederjacke voller Reißverschlüsse und seinem um den Hals geschlungenen *foulard* und der Mütze aus feinem Tuch, die sein rechtes Auge beschattete, und darunter hob sich von seinem braungebrannten Gesicht sein breites, blitzendes Lächeln ab, und Don Pedro, der Verwalter, konnte seine Unruhe nicht mehr bezähmen, und schon im Hof, vor Régula und Paco, dem Kurzen, der vor die Tür getreten war, fragte er ihn,

sag mal, Iván, hast du nicht zufällig Purita neulich nachts nach dem Abendessen gesehen?, ich habe keine Ahnung, was ihr zugestoßen sein kann, auf dem Gutshof ist sie nicht und . . .,

und während er weitersprach, wurde das Lächeln des Señorito Iván immer breiter, und sein Gebiß blitzte, und mit gespielter Leichtfertigkeit versetzte er seinem Mützenschild mit dem Finger einen leichten Stoß, so daß die Stirn und der Ansatz der pechschwarzen Haare zu sehen waren, und,

du wirst mir doch nicht sagen wollen, daß du deine Frau verloren hast, Pedro, das ist wirklich gut, wie üblich werdet ihr euch wohl gestritten haben, und sie wird ins Haus ihrer Mutter geflüchtet sein und dort sehnsüchtig auf deine Ankunft warten!,

und Don Pedro bewegte seine knochigen Schultern auf und ab, in einer Woche war dieser Mann stärker gealtert als andere Männer in zwanzig Jahren, Heilige Jungfrau, seine Wangen waren eingesunken und blau vor lauter Blässe, und er zuckte dauernd mit dem Mund hin und her und gab schließlich zu,

streiten, ja, wir haben uns gestritten, Iván, so liegen die Dinge nun einmal, wie an so vielen Abenden, aber sag mir, wie hat sich diese Frau aus dem Gutshof fortgeschlichen, wenn die Régula heilige Eide schwört, sie habe den Riegel nur für dich zurückgeschoben, wie?, dir ist doch klar, wäre sie querfeldein geflohen, durch die Steineichenwälder, die Hofhunde hätten sie zerrissen, du weißt doch, wie diese Köter zubeißen, Iván, die sind schlimmer als Raubtiere,

und der Señorito Iván ringelte sich eine Haarsträhne um seinen rechten Zeigefinger und schien nachzudenken, und nach einer Weile sagte er,

wenn ihr euch gezankt habt, hat sie sich vielleicht im Kofferraum meines Wagens versteckt, Pedro, oder unter dem Hintersitz, der Mercedes ist geräumig, verstehst du?, sie hat sich irgendwo verkrochen, meine ich, Pedro, ohne daß ich es gemerkt habe, und ist dann einfach in Cordovilla oder in Fresno ausgestiegen, wo ich getankt habe, oder vielleicht sogar erst in Madrid, nein?, ich bin ein zerstreuter Mensch, ich hätte das überhaupt nicht bemerkt ...,

und die Augen Don Pedros, des Verwalters, füllten sich mit Licht und Tränen,

klar, Iván, natürlich mag es so gewesen sein, sagte er,

und der Señorito Iván rückte seine Jagdmütze zurecht, öffnete seinen Mund noch einmal zu einem breiten Lächeln und verpaßte Don Pedro durchs Fenster einen freundschaftlichen Klaps auf die Schulter,

bilde dir bloß nichts Schlimmes ein, Pedro, du hast einen ausgesprochenen Hang zum Melodrama, die Purita mag dich doch, und übrigens,

er lachte,

deine Stirn ist so glatt wie meine Handfläche, du kannst also ruhig schlafen,

und wieder lachte er, zur Windschutzscheibe geneigt, setzte den Wagen in Gang und fuhr zum Herrenhaus, doch vor dem Abendessen war er wieder im Haus von Paco, dem Kurzen,

wie geht's denn unserem Bein, Paco?, ich hab' dich wegen der ärgerlichen Geschichte mit Don Pedro nicht einmal fragen können,
und Paco, der Kurze,

Sie sehen ja, Señorito Iván, so ganz allmählich,
und der Señorito Iván beugte sich vor, blickte ihm fest in die Augen und sagte in herausforderndem Ton,

bist wohl nicht Manns genug, um morgen mit mir auf Taubenjagd zu gehen, oder?,
und Paco, der Kurze, musterte entsetzt das Gesicht des Señorito Iván und versuchte zu erraten, ob er im Ernst sprach oder ihn nur verulken wollte, doch da er das Rätsel nicht entschlüsseln konnte, fragte er,

Sagen Sie das im Ernst oder im Spaß, Señorito Iván?,
und der Señorito Iván schob den Daumen über den Zeigefinger, küßte ihn und zog eine den Umständen entsprechende Miene,

ich spreche im Ernst, ich schwöre dir, du kennst mich und weißt, daß ich nicht spaße, wenn es um die Jagd geht, und dein Kleiner, der Quirce, gefällt mir nicht, um ehrlich zu sein, Paco, er tut, als erweise er einem einen Gefallen, verstehst du?, das sollte nicht sein, Paco, du kennst mich, wenn es mir draußen auf dem Feld nicht gefällt, bleibe ich lieber zu Hause,
aber Paco, der Kurze, deutete mit einem Finger auf das eingegipste Bein,

aber Señorito Iván, wo soll ich denn hin mit diesem Hemmklotz?,

und der Señorito Iván senkte den Kopf,

nun ja,

räumte er ein,

aber nach einigen Sekunden des Zögerns hob er plötzlich die Augen,

und was ist mit deinem Schwager, Paco, dem Zurückgebliebenen, dem mit der Dohle?, du hast mir mal gesagt, auf der Taubenjagd könnte er seinen Mann stehen,

und Paco, der Kurze, neigte den Kopf zur Seite,

der Azarías ist einfältig, aber versuchen Sie es, versuchen kostet nichts,

und wandte den Blick zu der Reihe der Müllerhäuschen, die alle gleich aussahen, mit dem Rebenspalier über jeder Tür, und rief,

Azarías!,

und nach einer Weile tauchte der Azarías auf, in den Hosen mit den Flicken auf den Knien, mit sabberndem Lächeln, auf dem Nichts kauend,

Azarías,

sagte Paco, der Kurze,

der Señorito Iván will dich morgen früh mit dem Lockvogel aufs Feld mitnehmen,

mit dem Milan?,

fiel Azarías ganz verklärt ein,

und Paco, der Kurze,

paß auf, Azarías, es geht jetzt nicht um den Milan, sondern um den Lockvogel, um die ge-

blendeten Tauber, verstehst du?, man muß sie in die Krone einer Steineiche binden, sie mit einer Leine bewegen und warten ...,
und der Azarías nickte zustimmend,

wie auf La Jara, mit dem Señorito?,

fragte er,

genau wie auf La Jara, Azarías,

antwortete Paco, der Kurze,
und am nächsten Tag um sieben Uhr früh stand der Señorito Iván bereits mit dem braunen Landrover vor der Tür,

Azarías!,

Señorito!,

und schweigsam bewegten sie sich wie Schatten durchs Halbdunkel, und nur das feuchte Aufeinanderstoßen von Azarías' zahnlosen Kiefern war zu hören, während auf dem entferntesten Höhenzug der Sierra schon das Morgenrot schimmerte,

stell das Gerät und den Käfig mit den Tauben hinten hinein!, hast du den Strick zum Raufklettern?, willst du barfuß auf die Bäume steigen?, wirst du dir nicht die Füße wundscheuern?,

doch der Azarías traf seine Vorbereitungen, ohne auf seinen Herrn zu hören, und bevor es losging, holte er, ohne den Señorito Iván um Erlaubnis zu bitten, aus dem Schuppen die Blechbüchse mit Mischfutter, trat in den Hof hinaus, hob den Kopf, öffnete halb die Lippen und rief,

kwia!,

mit samtweicher Stimme, deutlich näselnd, und

von der Spitze der Wetterfahne antwortete die Dohle auf seinen Ruf,

kwia!,

und der Vogel blickte auf die Schatten hinunter, die sich um den Wagen bewegten, und obgleich das Hofgelände noch im Zwielicht lag, beugte er sich vor, schwang sich ins Leere und beschrieb Kreise über der Gruppe, und schließlich stieß er auf die rechte Schulter des Azarías herab, die Flügel halb geöffnet, um das Gleichgewicht zu bewahren, und hüpfte dann auf den Unterarm und öffnete den Schnabel, und der Azarías schob mit der linken Hand Futterklümpchen hinein, während er sabberte und zärtlich murmelte,

schöner Milan, schöner Milan,

und der Señorito Iván,

fabelhaft, er frißt mehr, als er wert ist, der Vogel da, kann er denn noch nicht allein fressen?,

und der Azarías lächelte boshaft mit seinen zahnlosen Kiefern,

was soll man tun, wenn er es noch nicht kann?,

und sobald sie satt war und der Señorito Iván näher trat, flog die Dohle auf, und als sie auf der Höhe des Kapellenportals war, schwang sie sich anmutig in die Luft und landete auf dem Wetterdach und blickte hinunter, und nun lächelte der Azarías zu ihr hoch und winkte zum Abschied mit der Hand, und schon im Wagen sitzend, grüßte er noch einmal zum Abschied durch das

Rückfenster, während der Señorito Iván in die Straße zur Sierra einbog und bis zum Steineichenwald des Moro bergan fuhr, und dort angelangt, stiegen sie aus, der Azarías pinkelte im Schutz einer Steineiche in die Hände und kletterte nach getaner Arbeit gewandt auf die kräftigste Eiche, umklammerte den dicksten Ast mit den Händen und schob die angezogenen Beine wie ein Affe zwischen den Armen durch, und der Señorito Iván,

wozu brauchst du überhaupt den Strick, Azarías?,

und der Azarías,

er ist nicht nötig, Señorito, reichen Sie mir dieses Ding,

und der Señorito Iván hob die Wippstange mit dem angebundenen blinden Tauber hoch und fragte ihn,

wie alt bist du, Azarías?,

und der Azarías hoch oben, die Wippstange in der linken Hand, zerkaute den Wind,

ein Jahr älter als der Señorito,

antwortete er,

und der Señorito Iván, verblüfft,

von welchem Señorito sprichst du, Azarías?,

und der Azarías, während er die Wippstange festband,

vom Señorito,

und der Señorito Iván,

von dem auf La Jara?,

und der Azarías, auf dem Ast hockend, an den

Stamm gelehnt, lächelte töricht ins Blau hinauf, ohne zu antworten, während der Señorito Iván dürre Zweige senkrecht verschränkte, um den Anstand unter dem Baum besser zu tarnen, und nach getaner Arbeit suchte er den Himmel südwärts ab, einen vom Dunst leicht verschleierten zartblauen Himmel, und runzelte die Stirn,

es rührt sich nichts, ob die Zeit nicht schon vorbei ist?,

aber der Azarías wedelte mit der Wippstange hin und her, eins, zwei, eins, zwei, eins, zwei, als wäre sie ein Spielzeug, und der an der Achse festgebundene blinde Tauber flatterte wild, um nicht herunterzufallen, und der Azarías lächelte mit seinem rosafarbenen Zahnfleisch, und der Señorito Iván,

halt still, Azarías, mach keinen Mist, solange dort oben keine Vögel fliegen, ist es Unsinn, so herumzufuchteln,

aber der Azarías zupfte einfach weiter, eins, zwei, eins, zwei, eins, zwei, einfach so, aus Kinderei, aus Spaß, und da der Señorito Iván nicht eine Taube am Himmel sah und einen Unglücksmorgen witterte, wurde er gereizt,

still, hab' ich gesagt, Azarías, Armleuchter!, hast du nicht gehört?,

und angesichts des Unmuts seines Herrn ließ sich der Azarías einschüchtern und rührte sich nicht mehr, hockte auf seinem Ast und lächelte mit seinem zahnlosen Lächeln wie ein Säugling ins Blaue hinein, bis nach Ablauf einiger Minuten fünf Wildtauben als fünf schwarze Punkte auf dem bleichen Blau des Firmaments auftauchten und der Señorito Iván in seinem Versteck die Flinte anlegte und halblaut murmelte,

da kommen sie, jetzt aufgepaßt, Azarías,

und der Azarías packte das Ende des Stricks und paßte auf,

so, los, los,

aber die Wildtauben achteten nicht auf den Lockruf, drehten rechter Hand ab und verloren sich am Horizont genauso, wie sie gekommen waren, doch eine Viertelstunde später tauchte im Südosten ein dichterer Schwarm auf, und die Szene wiederholte sich, die Tauben verschmähten den Lockvogel und drehten in Richtung der Steineichenwälder von Alcorque ab, zur völligen Verzweiflung des Señorito Iván,

sie wollen nicht, die Mistviecher!, komm runter, Azarías, wir gehen zum Alisón, die wenigen, die es gibt, fliegen heute anscheinend zu diesem Rastplatz,

und der Azarías kam mit der Wippstange auf dem Rücken heruntergeklettert, sie stiegen in den Landrover, wichen felsigem Gelände aus, fuhren Richtung Alisón, und als sie auf der Kuppe des flachen Hügels anlangten, pinkelte der Azarías in die Hände, kletterte im Nu auf eine riesige Korkeiche, band den Lockvogel fest und wartete, doch auch hier schien so gut wie nichts los zu sein, obwohl es zu früh war, um das festzustellen, doch der Señorito Iván verlor gleich darauf die Geduld, runter, Azarías, das hier ist der reinste Friedhof, das paßt mir nicht, weißt du?, heute sieht es schlecht aus,

und wieder wechselten sie den Anstand, aber die seltenen und weitverstreuten Tauben erwiesen sich als mißtrauisch, sie fielen nicht auf den Betrug herein, und am späten Vormittag begann der Señorito Iván, ungehalten wegen der langen unnützen Warterei, aufs Geratewohl loszuknallen, auf die Stare, auf die Drosseln, auf die Elstern, er schien den Verstand verloren zu haben, und zwischen einem Schuß und dem nächsten brüllte er wie von Sinnen,

wenn diese Mistviecher nicht wollen, dann wollen sie eben nicht!,

und als er es müde wurde, Quatsch zu machen und Unsinn zu reden, kehrte er zum Baum zurück und sagte zum Azarías,

binde die Wippstange los und komm runter, Azarías, heute morgen ist nichts zu machen, wollen mal sehen, ob sich unser Glück am Nachmittag wendet,

und der Azarías sammelte seinen Kram zusammen und kletterte herunter, und während sie den besonnten Hang zum Landrover hinabstiegen, tauchte hoch oben über ihren Köpfen ein großer Schwarm Dohlen auf, und der Azarías hob die Augen, beschirmte sie mit der Hand, lächelte, murmelte ein paar unverständliche Worte, und schließlich gab er dem Señorito Iván einen leichten Schlag auf den Unterarm,

passen Sie auf,
sagte er,
und der Señorito Iván, mißgestimmt,
woraufsoll ich aufpassen, du Gauner?,
und der Azarías sabberte und deutete nach oben, auf das durch die Entfernung abgeschwächte Gekrächze der Vögel,
viele Milane, sehen Sie sie nicht?,
und ohne auf eine Antwort zu warten, hob er sein verklärtes Gesicht zum Himmel und schrie hinauf, mit den Händen einen Trichter bildend,
kwia!!,
und plötzlich, zur Überraschung des Señorito Iván, löste sich eine Dohle aus dem gewaltigen Verband und stieß senkrecht auf sie herab, in einem so schwindelerregenden, verführerischen Flug, daß der Señorito Iván sich bereit machte, die Flinte anlegte und zielte, weidgerecht von oben nach unten, und als der Azarías das sah, verkrampfte sich sein Lächeln, sein Gesicht verzerrte sich, Panik verdüsterte seine Augen, und er schrie, völlig außer sich,
nicht schießen, Señorito, es ist der Milan!,
doch der Señorito Iván spürte auf der rechten Wange die harte Liebkosung des Kolbens, spürte, wie ihn die angestaute Wut vom Vormittag anspornte, und spürte zugleich, wie ihn die Schwierigkeit, von oben nach unten, senkrecht, zu zielen, reizte, und obwohl er die flehende Stimme des Azarías deutlich hörte,

Señorito, um Ihrer Toten willen, nicht schießen!,

vermochte er sich nicht zu beherrschen, brachte den Vogel ins Korn, hielt vor und drückte auf den Abzug, und gleichzeitig mit dem Knall hinterließ die Dohle in der Luft einen schwarzblauen Federstern, zog die Füße ein, bog den Kopf, rollte sich auf und stürzte purzelnd nach unten, und bevor sie auf die Erde prallte, rannte der Azarías bereits hangabwärts, mit weitaufgerissenen Augen, durch die Zistrosen und das Turmkraut im Zickzack hastend, den Käfig mit den blinden Taubern schlenkernd und klappernd auf seinem Rücken, und er kreischte,

es ist der Milan, Señorito!, Sie haben mir meinen Milan getötet!,

und der Señorito Iván rannte mit der rauchenden Flinte mit langen Schritten hinter ihm her und lachte,

völlig durchgedreht, der Arme,

wie zu sich selber, und dann erhob er die Stimme,

keine Sorge, Azarías, ich schenke dir einen neuen!,

aber der Azarías, neben einer Zistrose auf den Fersen kauernd, hielt den sterbenden Vogel in seinen mageren Händen, das warme dickflüssige Blut rann durch seine Finger, tief in dem zerfetzten kleinen Körper spürte er die letzten, immer langsamer werdenden Schläge seines Herzens, und über ihn gebeugt, schluchzte er leise,

schöner Milan, schöner Milan,

und der Señorito Iván, neben ihm,

mußt mich entschuldigen, Azarías, ich konnte mich nicht beherrschen, ich schwör's dir!, ich war wegen des vertanen Morgens ganz rabiat, verstehst du,

aber der Azarías hörte nicht zu, er legte die Höhlung seiner Hände noch dichter über die sterbende Dohle, als wolle er ihre Wärme bewahren, und hob dem Señorito Iván einen leeren Blick entgegen,

er ist tot!, der Milan ist tot, Señorito!,

sagte er,

und so, die Dohle in den Händen, stieg er Minuten später im Hofgelände aus dem Wagen, und Paco, der Kurze, auf seine Krücken gestützt, kam aus dem Haus gelaufen, und der Señorito Iván,

sieh zu, daß du deinen Schwager tröstest, Paco, ich hab' ihm den Vogel getötet, und er führt sich auf wie ein Jammerlappen,

er lachte, und gleich darauf suchte er sich zu rechtfertigen,

du, Paco, du kennst mich, weißt, wie es ist, wenn man einen Vormittag lang wartet und keinen einzigen Vogel sieht, oder?, schön, also so war das, fünf Stunden auf dem Anstand, und dann stößt plötzlich diese beschissene Dohle runter, kannst du dir das vorstellen?, wer ist der Knallprotz, der unter solchen Umständen nicht abdrückt, Paco, wie?, erklär das doch deinem Schwager, er soll sich doch deswegen kein böses Blut machen, verdammt noch mal, soll doch kein Schlappschwanz sein, ich schenk' ihm eine neue

Dohle, von diesen Ludern gibt's mehr als genug auf dem Hof,
und Paco, der Kurze, blickte abwechselnd zum Señorito Iván und zum Azarías, jener mit den Daumen in den Achseln seiner Patronenweste, sein strahlendes Lächeln lächelnd, dieser geschrumpft, in sich versunken, den toten Vogel in seinen mageren Händen, bis der Señorito Iván wieder in den Landrover stieg, ihn in Gang setzte und durchs Fenster sagte,

nimm's nicht tragisch, Azarías, solche Luder wie dieses gibt's in Hülle und Fülle, um vier Uhr hol' ich dich wieder ab, mal sehen, ob sich der Nachmittag besser anläßt,
aber dem Azarías rannen dicke Tränen über die Backen,

schöner Milan, schöner Milan,
sagte er immer wieder,
während der Vogel in seinen Fingern steif wurde, und als er bemerkte, daß es kein Körper, sondern nur noch ein lebloser Gegenstand war, stand der Azarías vom Schemel auf und trat zur Kiste der kleinen Chica, und in diesem Augenblick ließ die Charito einen ihrer Klageschreie los, und der Azarías sagte zur Régula, während er sich mechanisch die Nase am Unterarm rieb,

hörst du, Régula, die kleine Chica weint, weil der Señorito mir den Milan getötet hat,
aber gegen Nachmittag, als der Señorito Iván ihn wieder abholen wollte, schien der Azarías ein anderer geworden zu sein, wieder ganz bei sich,

rotzte nicht mehr noch sonst etwas, er verstaute den Käfig mit den blinden Taubern, das Beil, die Wippstange und einen Strick, doppelt so dick wie der vom Vormittag, in den Laderaum des Landrovers, ganz ruhig, als wäre nichts geschehen, so daß der Señorito Iván lachte,

das ist doch nicht etwa das Seil zum Bewegen der Wippstange, oder, Azarías?,

und der Azarías,

um auf die Atalaya-Eiche zu klettern,

und der Señorito Iván,

los, dann wollen wir mal sehen, ob das Glück sich wendet,

und er steuerte auf den Fahrweg zu, die Räder rutschten über die tiefen Furchen, und er gab Gas, während er fröhlich vor sich hin pfiff,

der Ceferino schwört bei seinen Toten, daß vorgestern am Grenzrain zum Gutshof Del Pollo ein paar riesige Verbände gesichtet wurden,

aber der Azarías schien abwesend, sein Blick verlor sich hinter der Windschutzscheibe, die mageren Hände reglos über seinem knopflosen Hosenschlitz, und angesichts seiner Teilnahmslosigkeit begann der Señorito Iván ein etwas flotteres Liedchen zu pfeifen, doch sobald sie ausstiegen und er den Vogelzug erspähte, geriet er außer sich,

rasch, Azarías, verdammt, siehst du die nicht?, dort fliegt ein Verband von mehr als dreitausend Wildtauben, Himmelherrgottsakrament!, siehst du nicht, wie der Himmel über dem Steineichenwald schwarz wird?, und hastig riß er die Flinten und die Patronentasche aus dem Fahrzeug, schnallte sich die Ledersäcke um den Gürtel und stopfte sich die Patronenweste voll,

mach doch, Azarías, du Armleuchter,

sagte er ein paarmal hintereinander,

aber der Azarías stapelte ruhig die Geräte neben den Landrover, stellte den Käfig mit den blinden Taubern neben den Baum und kletterte am Stamm hinauf, Beil und Seil am Gürtel, und kaum saß er auf dem ersten Ast, beugte er sich hinunter zum Señorito Iván,

reichen Sie mir den Käfig, Señorito?,

und der Señorito Iván streckte den Arm aus mit dem Taubenkäfig in der Hand, gleichzeitig hob er den Kopf, und während er das tat, warf der Azarías ihm das Seil mit dem Laufknoten wie eine Krawatte um den Hals, zog am anderen Ende und zurrte es fest, und der Señorito Iván versuchte, um nicht den Käfig loszulassen und die Tauber zu beschädigen, sich mit der linken Hand aus der Schlinge zu winden, denn noch begriff er nichts,

welcher Teufel reitet dich, Azarías?, hast wohl nicht die Wildtaubenwolke über dem Steineichenwald von Del Pollo gesehen, dreckiger Schlappschwanz?,

und als der Azarías das Seilende um den Ast über seinem Kopf geschlungen hatte und mit aller Kraft daran zog, grunzend und sabbernd, verlor der Señorito den Halt, merkte, wie er plötzlich hochgehievt wurde, ließ den Käfig mit den Taubern fallen, und,

Herr des Himmels . . .!, du bist verrückt . . . du,

sagte er heiser, abgehackt,

so daß seine Stimme kaum mehr zu verstehen war, dafür wurde deutlich sein rauhes Röcheln hörbar, das nun folgte, wie gedehntes Schnarchen, und gleich darauf streckte der Señorito Iván die Zunge heraus, eine lange, dicke, schwarzblaue Zunge, aber der Azarías sah nicht zu ihm hin, sondern hielt nur das Seil fest, dessen Ende er nun an dem Ast verknotete, auf dem er saß, und rieb sich eine Hand an der anderen, und seine Lippen formten ein törichtes Lächeln, doch noch immer vollführte der Señorito Iván, vielmehr vollführten die Beine des Señorito Iván seltsame Zuckungen, elektrisierte Krämpfe, als wollten sie von selbst tanzen, und sein Körper pendelte eine Weile im Leeren, bis er endlich stillhielt, das Kinn hoch über der Brust, die Augen aus ihren Höhlen getreten, die Arme reglos am Körper baumelnd, während Azarías hoch oben Speichel kaute und töricht in den Himmel hinauf, ins Nichts hinein lachte,

schöner Milan, schöner Milan,

wiederholte er mechanisch,

und in diesem Augenblick flatterte ein dichter Schwarm Wildtauben vorüber und streifte die Krone der Steineiche, in der er sich verbarg.

Inhalt